貧乏男爵令嬢の領地改革

～皇太子妃争いはごめんこうむります～

富士とまと

illustration すがはら 竜

ICHIJINSHA IRIS NEO

ICHIJINSHA IRIS NEO

CONTENTS

貧乏男爵令嬢の領地改革～皇太子妃争いはごめんこうむります～

◆第一章　美人は損である

美人は損である。

「まぁ、美しいお嬢様ですわね」

あれは社交界デビューをした十三歳の出来事。

目いっぱい着飾った貧乏男爵の娘を褒めたたえる女性たちの目は、少しも笑っていなかった。

「あれだけ美しければ、子爵家や伯爵家へ取り入れるとでも思っているのではないかしら。いやらしいですわね」

「持参金目当てで成金商人にでも買ってもらえばいいんじゃないかしらね？　くすくす」

昔から耳の良い私には、扇で隠した口元で話される言葉が丸聞こえになっている。

「男をあさりにいらしたのかしら。いやだわ、少しばかり美しいからといい気になって。身もわきまえずに」

いえ、来たくなかったんですよ。

だけど、十三歳になってしまったので、社交界に顔を出さなければならないと……。

貧乏ながらも男爵家の娘なのに、社交界デビューもさせてあげられないなら首をくくって死んだ方がましだと、子煩悩（ぼんのう）の父親が泣くので。

「ろくに宝石も身につけていないのは、自分の美しさは宝石で飾り立てるまでもないという主張かしら。怖いわ」

いや、貧乏だからですよ。飾る宝石がありません。

「それとも、殿方に取り入って買っていただくつもりなのかもしれませんわ」

はぁ。噂には聞いていたけれど……すさまじい想像力。十三歳の社交界デビューしたばかりの子供にも容赦がない。

女性の嫉妬は怖いと知った、十三歳。

あれから、できるだけ社交場には顔を出さないようにして過ごした。けれど、デビューを済ませたからには年に三回、王家主催のパーティーには出なければならなかった。

私の生まれたヒューレド男爵家は、王都の北側のほんの小さな領地を任された家だ。

いや、面積的には五つの山を含めれば広い。が、人が住める場所はほんの一握りで領民は二百人にも満たない。

畑になる土地もほとんどなく、主な産業は薪だ。王都へ薪を売るのがヒューレド男爵家の役割。

領地運営というほどの仕事もないため、お父様は城へ出仕している。財務省でひたすら計算をする日々だ。数字が大好きだから楽しく毎日通っている。――そう、毎日通っているのだ。家から城へ。

突然だが、ここで、パーティーを欠席する人の理由ベスト三を見てみよう。

三位、不幸があった。家族の問題や、領地での災害なども含む。

二位、病気や怪我など体調不良。

そして、一位は、領地が遠い。

そう、領地が遠いのは欠席理由になるのだ！　往復で一～二か月もかかるのに年に三回も王家主催のパーティーに参加なんて無理だもんね。一年の半分が移動に消えちゃう。

……なんで、うちの領地は、王都の隣なのかな。はぁー。正当な理由が見つからなく、十五歳も二回目のパーティー参加です。

「ねぇ、君、君さえよければ、僕の愛人にしてあげようか」

ニヤニヤ顔で近づいてくる男。

「ほら、こちらに来い」

下種(げす)な笑みで私の手をつかむ男。

その誰(だれ)もが、男爵家よりも上の爵位の男。

はっきり嫌だと言うこともできず、いつも必死に助けを誰かに求めているんだけれど。

「あらやだ。また殿方をあさっておりますわ」

「聞きまして？　シレーヌ様の婚約者に色目を使ったらしいですわよ」

違う、あのいやらしい男は、シレーヌ様という婚約者がいながら私に言い寄ってきただけ。

怖かった。もう少しで部屋に連れ込まれるところだったんだよ……。

あの時は派手に飲み物をこぼして、歩くたびに床にしずくが落ちる状態になり注目を浴びたことで難を逃(のが)れたんだっけ。

「あら、私が聞いた話では、サマリー伯爵家の次男と三男が彼女を取り合って決闘騒ぎを起こしたとか」

知らない、何それ。確かに次男も三男も、お互いに俺の方がいいよな、俺のことが好きなんだろう？　とか言っていたけれど。あいにくどちらも興味がない。

というか、むしろ男は怖い。近づきたくない。

誰もが欲望に満ちた目、いやらしい目、男爵家の娘なら思うようにできるだろうという見下しとともに向けられるそういう目にどれほど恐怖を味わったことか。

社交場は敵ばかりだ。怖い。

女も男も、婚約者も後ろ盾もない身分の低い女は退屈しのぎの駒くらいにしか思っていない。

面白おかしく醜聞を作り上げるもよし。手を出して楽しむのもよしと、思っている。

もし、私が、目立たない容姿だったら、こんな目に遭わなくて済んだのだろうか。

——美人は本当に損だ。

早く帰りたいと思っていると、陛下が挨拶を終え、壇上に第一王子にして皇太子である、ランディー殿下が上がった。

噂話に花を咲かせていた女性たちが口を閉じ、壇上に視線を向けている。

ある者は、息を飲み、またある者は頬を染めている。

「多くの女性が、僕の婚約者になろうと手を挙げているのは知っている」

ランディー殿下が口を開くと、キャーッと、一部の女性から歓声が上がった。

身長は高く、鍛えられた肉体を持つ殿下。剣術の腕前は、忖度抜きに確かだという噂だ。

妖精かとうたわれた王妃様の美しい金の髪と青い瞳を受け継ぎ、整った顔をしている殿下。

剣術の稽古に励んでいるわりには肌の色は白く透き通るようだ。日に焼けにくい肌なのか、特別な化粧水かなにかをふんだんに使用しているのか。

男が化粧水を使うなど、あまり一般的ではない。だが、ことランディー殿下であれば、使っていそうだと……。

「僕も、今年で十七になる。十八までには婚約者を決めようと思う」

突然の発言に、女性陣、そして娘を嫁がせたいと思っている者たちがざわめいた。

普通であればすでに婚約者がいてもおかしくない年齢だ。皇太子の婚約者は、将来の王妃となる女性だ。王妃になるべく教育が必要なのだから、早く決まるにこしたことはない。まぁお父様は、すでに内々定くらいはしていて王妃教育は始まっているんじゃないかとは言っていた。

そりゃそうよね。その内々定の何人かからあと一年のうちに決めるってことかな？

「結婚するなら、やっぱりね、美人がいいな。だからね、僕は国で一番の美人と婚約しようと思う」

今、この〝見た目はいい〟けど〝お頭はいまいち〟と噂をされている皇太子殿下は、なんとおっしゃいました？

あほなの？

のちに王妃となる、皇太子の婚約者を見た目で決めるなんて、ばかよね？

公爵家だとか伯爵家だとか、貴族間の力のバランスとかいろいろあるでしょう？

もしくは、隣国との関係でどこぞの王女様を迎えるとか、他に大事なことがあるでしょ？

まぁ、今のところ隣国との関係は非常に良好で、何十年と争いは起きてないから政略結婚して関係を強化する必要もないといえばないんだけれど。ああ、もしかすると少し〝お頭が〟との噂が隣国にも届いていて大事な娘を嫁にはやれんと思われていたりして？　いやいや、さすがにそこまでひどくはないと……。今の今まで思っていたけれど。

国一番の美人と結婚したいは、ひどい。

会場では不敬に当たるようなあからさまな侮蔑（ぶべつ）の表情を浮かべているような者はいない。が、我が娘を皇太子妃にともくろんでいたであろう貴族たちが握りしめているこぶしが震えているのが見える。

呆（あき）れたようにあんぐりと開けた口を扇で隠しきれていないご婦人たちも見える。

陛下も宰相も、誰も止めなかったの？

殿下の後ろに下がった陛下や宰相はにこやかな表情で殿下を見守っている。

あの噂は本当だったのか？

遅くに生まれた唯一の王子で、陛下も王妃殿下もひたすら甘やかして育てたという……。

「十名まで候補を絞ったから、一年かけてじっくり誰が一番美人か比べようと思うんだ。えーっとね、まずはクマル公爵家のエカテリーゼ嬢、それから、タズリー侯爵家のジョアンナ嬢、次にヘーゼル辺境伯家の……」

なぁんだ。さすがに、顔だけで選ぶなんてそんなこと認められるわけはないか。

殿下が名前を一人ずつ口にするたびに、後ろでうんうんと宰相が頷（うなず）いている。

候補選びに際してちゃんとそれなりに宰相や陛下も意見を述べたということでしょう。

クマル公爵家のエカテリーゼ様と、タズリー侯爵家のジョアンナ様はもとから皇太子の婚約者候補として名前が挙がる筆頭だ。

ヘーゼル辺境伯家も、北の国境の守りとしてなくてはならない家だ。国の重鎮のご令嬢の名前が次々に挙げられていく。

結局出来レースみたいね。でも、大丈夫なのかなぁ？

最終的に一人選ぶってことは、選ばれなかった娘は選ばれた人よりも不美人だったたって言われるようなものでしょう？

私の方が美人なのに、なんであんな子が！　って、絶対思われるだろうし、親からしてもうちの子の方が綺麗に決まっている。殿下の目は節穴か！　って言われるに決まってる。

「――ヒューレド男爵家のミリアージュ嬢、以上十名を皇太子妃候補とする」

やっぱり、美人は損だ。望んでもいない皇太子妃候補になっちゃったりするんだから。

私の名は、ミリアージュ。ヒューレド男爵家のミリアージュだ。

人々の視線が痛い。

望んでない。私は、決して望んでないのにっ！

「以上の十名は皇太子妃候補として話があるので前に」

一人、二人と美しいご令嬢がランディー殿下の前に進み出る。

美人に囲まれて、ランディー殿下の表情が見る間に崩れていく。

チャラ男め。女を顔で選ぶのは一番嫌いなタイプだ。

……まさか、将来の王となる者がそんな人間だったなんて……。

この国、大丈夫？

心の中で罵倒していることなど顔には浮かべずに最後に名前を呼ばれてしまったので、仕方なく前に進む。

デレデレ顔で、美女たちに話かける殿下。我先にと自分を売り込もうとするご令嬢たち。

誰が皇太子妃になっても、傾国の美女になりそうだ。

これは、まずい。領地に帰ったら、国が傾いた時に我が領だけでも生き延びる手段を考えないと、まずい。貧乏領地に何ができるのか分からないけれど……。

小さくため息をつきながら、体中に宝石を身にまとった美女の群れに紛れる。

「ふっ、みすぼらしいこと」

「ただの数合わせよ、あなたなんて」

と、ランディー殿下には届かないけれど私にはしっかり聞こえる声でささやかれた。

はいはい。そうですね。貧乏男爵家ですから。出来レースだと思われないための数合わせでしょうとも。選定期間の一年もかからず、さっさと脱落するようにせいぜい頑張ります。

両脇に女性をはべらせ、肩を抱く殿下。しなだれかかるご令嬢。

これ、全員手籠めにした挙句に一人だけ妃に選ぶとかじゃないですよね？　純潔保ったまま脱落できるといいなぁ……。

一人を正妃に、あとは側室にとかじゃないよね。ああ、どちらにしても、なんだこの皇太子っ！

「僕は、身分にはこだわらないからねぇ。男爵でも恥じることはない」
なるべく近寄らないようにと距離を取っていた私を殿下が手招きする。
あああ！
なんて、美人は損なんだろう！
近づきたくない男に手招きされ、拒否できない上に、誰も助けてくれない。
それどころか嫉妬の視線が突き刺さる。
美人は損！

◆第二章　かわいくない女は損である

どうも。散々美人は損だと言っているミリアージュです。

今日は昨日とは一転。何も着飾らず、むしろ地味で目立たず、男爵令嬢だということすら気が付かれないような服装をしています。

「汚いわね。近づかないでよ」

「ああ、いやだ。醜いものを見ると私まで醜くなる気がしますわ」

「ふふ、でも、あなたがいるおかげで、私の美しさがより引き立つというもの」

「そうそう、隣のクラスのヘンリーがあなたのことを好きだと言っていたわよ？」

「くすくす、なーんて、嘘に決まってるでしょ！　あんたみたいな女、誰も好きになったりしないわよっ！」

私は清潔で、汚いわけじゃない。

ちょっと薄汚い灰色のワンピースに、変装のため、ちょっと肌を黒くしてたくさんのそばかすと太い眉を描いているだけだ。手櫛で後ろに一本で結んだ髪の毛もおしゃれとは程遠い。

「薄汚い灰色の服、いつもあれを着てるのは他に服がないからかしら？」

「あら、かわいそうよ。見たら分かるじゃない。スカートの丈が短いもの。新しい服を買えないのよ」

灰色は、汚れが目立たないからだし、丈が短いのは、くるぶしまでのスカートだと踏みつけて転びそうになることがあって実用的ではないから。これ、裾が汚れなくて一石二鳥なのよ。

クラスメイトの着ている服は、華やかな色のものが多いが、その多くがよく見ればスカートの裾が薄汚れている。あと、時々見える襟元も。なかなかあの黄ばんだ色は落ちないのは分かるけれど。いっそ汚れが目立たない色を着ていた方がすがすがしいと思うんだよね。

ここは王都にある学校だ。

貴族たちが通う王立学園より下の、庶民や王立学園には通えない下級貴族が通う学校である。庶民と言っても、裕福な一部の人間しか通えない。

いわば「贅沢の場」である。学校へ通わせてもらえるのは贅沢であり、その機会に恵まれたのであれば喜んで勉強するべきなんじゃないかと思うんだけれど。

勉強に、おしゃれは、必要ですか？

うちは貧乏男爵だ。下級貴族でもすべての人が学校へ通えるわけではない。貧乏なうえに女でありながら学校に通わせてくれる両親には感謝してる。

それでも、両親は貴族の学校に通わせられないことを申し訳なく思っているようだ。貴族のくせに庶民の学校に通ってると馬鹿にされるんじゃないかと心配している。なので、私は男爵令嬢だと隠して、やぼったく見えるよう変装もして学校には通っている。いわゆるもてなさそうな見た目ね。

「なぁ、リアならすぐやらせてもらえるんじゃないか？」

「違いない、一生男に縁がなさそうだもんな～でも、さすがにあれだけは嫌だわ」

「ちげぇねぇ。いっつも本読んでてさ、女のくせに、本とか読んで笑えるよな」

女のくせに？　本を読んで知識を得ることに、男も女も関係ないよね？

「本当、頭がいいブスとか最悪じゃん。そうだ、ゲームしようぜ、負けたらリアをデートに誘うってどうだ？」

男たちは、時々私を遊びの道具として利用しようとする。迷惑極まりない。断ると……。

「生意気だぞ、せっかく誘ってやったのに！　不細工が、断る権利なんてないんだよっ！」

「っていうか、罰ゲームで仕方なくいやいや誘ってやってんのに、本気にしたのか？　あ？　何、真面目に断ってんだよ！　なぁ？　おとなしく言う通りにすればいいんだよ！」

胸倉をつかまれるならまだましな方。何度か逆切れして殴られたこともある。

……まったく、理不尽極まりない出来事に何度も遭遇する。

かわいくない女は損である。

――だけれど……。

いやらしい目で男たちに見られないだけ、美人よりもマシだと思っている。

体のあちこちを触ろうと手が伸びてこないだけ、美人よりマシだと思っている。

それに、皇太子妃選考会という馬鹿げた「遊び」に付き合わされることになるなんてこともない。

そう、どうせ遊びなんだよね。さすがに、王妃となる人を顔だけで選ぶわけはない。陛下や宰相だって黙っているわけがないのだから。おおかた美人を集めて楽しみたいだけなんだろう。公爵令嬢のエカテリーゼ様か誰かもう、決まってるんでしょうね。

男爵令嬢の私は、ただの数合わせでしょう。選考会というのに三人とか四人じゃさみしいから呼ばれただけよね。

授業が終わると、いち早く教室を出る。

もたもたして、また女子生徒たちや男子生徒たちにいじられるのを避けるためだ。めんどくさいんだよね。あれ。本が好き。勉強も好き。だから学校も好き。だけどね。クラスメイトとは仲良くできそうにない。女のくせに本を読むなんてと馬鹿にする人たち。生意気だと言う人たち。勉強よりもおしゃれが大事だと、女は自分の意見を言わずに男に従っていればいいんだと言う人たち……。

「さて、今日は教会図書館に寄って帰ろう」

本は貴重品だ。多くの本が集められている場所は限られている。

お城と図書館が主な場所だ。

図書館には、誰でも利用できる教会図書館と、生徒が利用できる学校図書館と、許された者だけが利用できる王立図書館がある。

どの図書館も、貸し出しはしていないから、通って読むしかないのだ。

「この間の本の続きを読もう。迎えが来る四の鐘までの一時間くらいは読書に当てられるはず」

教会には礼拝堂がある。礼拝堂の奥には三つの扉があり、左の扉が図書館へと通じる扉。正面奥は神父様が生活する場所。右側の扉は併設の孤児院へつながる扉である。

図書館へと通じる扉を開く。

むわっと、凝縮された本の匂(にお)いが鼻をつく。本好きにはたまらない瞬間だ。

教会図書館の入り口に立っている警備兵に軽く会釈をする。本は貴重品なので持ちだそうとする人がいないように警備兵が立つ決まりなのだ。常連の私は顔見知りなのでノーチェック。

あれ？　いつもの人の他に、もう一人警備兵が立っている。服装はいつもの警備兵のおじさんと同じ茶色の兵服なんだけれど、ずいぶん姿勢がよく整った顔をしているので、お城勤めもできそうだ。

珍しいと思って思わず注視したらにらまれた。別に怪しい人じゃないですよ。ただの喪女です。無害な常連です。

かっこいいからって色目使うような害のある女じゃありません。

身を縮めて慌ててその場を離れる。

教室二つ分ほどの広さの教会図書館は、入って右側と左側に床から天井までの大きな本棚がある。石造りの燃えにくい造りの建物だ。

正面の壁には、明かり取りのための窓が並んでいる。防犯のため一つの窓の大きさは人の頭の大きさもないけれど、数が多いため本を読むには十分な明るさが確保されている。

「えーっと、あの本は確かこのあたりにあったはず……」

続きを読もうと植物に関する本を探す。

あれ？　ない。本があるはずの場所には、ちょっとした空間が空いているのみ。

「え？　どうして？」

図書館には、四人がけの机が八つと、壁際に三人がけのベンチが四つ並べられている。

利用者はそれほど多くなく、多くても五、六人と言ったところだ。まぁ、文字が読める人間も限られているし、その大半は上流階級で、王立図書館を利用できる。

　今いるのは、三人だ。孤児院のカイ君と、小さな商会のご隠居さん。それからもう一人は、知らない人だ。

　猫背でこげ茶のくりくりした髪を整えもせずそのままにした男の人。十代後半かな。浅黒い肌に小さなそばかすがいっぱい浮いてる。目元にもくりんくりんの髪の毛がかかっているので、瞳の色は分からないけれど……。

　構わない髪、みっともない姿勢、そして袖の長さも裾の長さもあっていないちんちくりんの服。よく見ればそこそこよさそうな布を使った服なので、サイズの合わない服を着続けなければいけないほど貧しいわけではないだろう。つまりは、服装なんてどうでもいいと思っているタイプだ。

　私の男性版みたいとちょっと思って笑ってしまった。

　しかも、食い入るように本を読んでいる。そんなところまでが私に似てる。

　どこにでもいそうな青年……道ですれ違っても誰も気にしない、振り向かないだろう、平凡な青年。だけれど、親近感が湧く。

　ふと、何の本を読んでいるのかと気になって別の棚へ移動するふりをして近くを通りながら手元を覗き込む。

　あっと、思わず声を上げそうになり息を飲む。

　それ、私が続きを読みたいと思っていた本だ。そうか、彼が読んでいたから棚になかったのか……。

　他の本を読もうか……。どうしようかなと視線を上げると、見慣れぬ警備兵が私をにらんでいる。

な、何よ。もうっ！　まるで犯罪者を見るような目で見なくても。

よし、決めた。今日は読書はあきらめよう。

本棚の一番下の段に置かれている絵本を手に取る。

「今日はこれでいいかな」

本を抱えて、いつもの警備兵に本を見せてから部屋を出る。視界の端で見慣れぬ警備兵がドアの前から離れるのが見えた。

礼拝堂に出ると、すぐに向かい側の扉に向かって歩き出す。

孤児院につながる扉の前まで来ると、グイっと肩をつかまれた。

「え？」

振り返れば、図書館にいたくりくり髪の青年だ。

「と、図書館の本は、もち、持ち出し、禁止」

少し高めの声でそう言いながら青年は私が手に持っている絵本を指さした。

「教会図書館の本は、教会からの持ち出しが禁止です。ここはまだ教会の中なので、問題ないと思いますが」

私の言葉に、ぐっと青年は言葉を詰まらせた。

「き、詭弁(きべん)というものでは……？」

「詭弁なんて、ずいぶん難しい言葉を使うんですね？」

さすが読書家だなと、うれしくなって口にする。

「な、いや、普通、使わないのか？」

なぜか、青年がしまったというように口をふさいで慌てた様子を見せた。

「私も、よく言われます。難しい言葉を使ったつもりがないのに、話をしていると……馬鹿にしているのかとか、生意気な口を利くなとか、女のくせにとか……」

「あ……そう、なのか？」

青年が首をかしげた。

「お、女のくせに？　難しい言葉って、何を？」

あれ？　そこに引っかかったの？

「あなたは、女性が数学の話をすることに憤りを感じたりしないの？」

「甘い菓子の話ばかりより、楽しいと思う」

ああ、こんな人もいるんだと……感動する。

「詭弁と言われようが、神父様にも許可をいただいている話です。私が本を盗むか心配ならばついてきますか？」

もう少しこの青年と話がしたいと思ったけれど、せっかくの時間を無駄にしたくはない。

青年に背を向けて、扉を開く。

「あ、リアおねーちゃんだ！」

「おねーちゃんいらっしゃい！」

孤児院の中庭で遊んでいた子供たちが、私の姿を見つけて駆け寄ってきた。

「孤児院……？」

後ろで青年のつぶやきが聞こえた。もしかしてこの扉の向こうのことを知らなかった？　扉の外には塀（へい）に囲まれた中庭があり、その奥に孤児院の建物がある。

「今日はこのご本を読みますよ～。集まってくださ～い」

「はぁーい」

声をかけると元気に返事をして子供たちが集まってきた。少し年かさの子は、建物の中にいる子たちを呼びに行ってくれている。いつもの光景だ。

十名ほどの子が集まったところで、絵本を開いて、子供たちに開いたページを見せる。

「むかし、むかし、あるところに……」

指で文字を指し示しながらゆっくりと絵本を読み進めていく。

いつの間にか、青年が私の後ろから子供たちの後ろに移動していた。

「そこで犬のコロが鳴きました」

時々言葉を止めて、次の文字を指さす。

「「わんわんっ」」

すると子供たちが声を合わせて読む。読むというよりも何度も読んでいる話なので覚えているだけなのだけれど。

青年が後ろで驚いた顔をしている。

「慌てて、泥棒が、逃げていきました」

次の文字を指さす。

「ひゃー、たすけて」

私が読む前に、後ろにいた青年が声を上げる。

子供たちが一斉に振り返った。

「逃げていく泥棒のうしろで、コロがもう一度鳴きました」

「「「わんわんわんっ」」」

子供たちの声に、青年が泥棒のセリフを口にする。

「もうしません、ごめんなさい」

ふ、ふふ。

「こうして、村は平和になりました。おしまい」

わーっと、子供たちは大興奮。

「もういっかい、もういっかい！」

小さくジャンプしながら小さな子供たちが声を上げる。

「じゃあ、もう一回ね。――むかし、むかし……」

二回目は、泥棒のセリフを全部青年が読んでくれた。二回目が終わるころには帰る時間が迫っていた。

「じゃあ、またね！」

立ち上がって子供たちに挨拶（あいさつ）すると、青年も立ち上がって私の横に並んだ。

「おにーちゃんもまた来る？」

子供の一人が青年に尋ねた。

青年は少し考えてから口を開いた。

「来られるなら、来る、来たい。来られないときはごめん」

また来るよなんて、来られるかどうか分からないのに適当に返事をされなくてよかった。

来ると言っていたのに来ないと、裏切られた気持ちになるのは子供たちだ。

誠実な人だなぁ。

孤児院の中庭の扉から礼拝堂へと戻る。青年と並んで歩きながら、図書館への扉へ向かう。

「あの……」

ぺこりと頭を下げる。

「ありがとう」

「ごめん」

ほぼ同時に青年も頭を下げた。

ゴチン。

「いてっ」

「いたっ」

はい。まさかの、同時に頭を下げたことで、私の頭の上に、青年の額がぶつかった。

「ぷっふふふ、ふふ。あの、ありがとう。子供たちも楽しそうでした」

思わず笑いが込み上げる。

「あ、いや、ごめん……その」

「ああ、大丈夫ですよ」

ぶつかった頭をさすりながら答える。

「そ、そっちもごめん、そうじゃなくて、その、う、疑って……」

青年が私の手に持っている本に視線を向ける。

「ああ、大丈夫ですよ。むしろ、本のことを心配しての行動ですよね。本を守ろうとしてくれてありがとう」

猫背で蟹股で、身長こそ一八〇センチはありそうだけれど、とても強そうに見えない。それなのに勇気を出して本を持ち出した私に声をかけたんだよね。本を盗んでお金に換えようとする人間の後ろにはチンピラが付いていているかもしれないと分かっているだろうに。

人と話すこともそれほど得意ではないのだろう。時折どもっているし。

「あー、いや、その……」

お礼を言われると思っていなかったのか青年がうろたえた。

図書館の扉を青年が開けた時に、四の鐘が鳴り始めた。

「あ、いけない、時間に遅れちゃうわ」

青年が私の手から、本を取った。

「ぼ、僕が本は、返しておくから、あの、き、君の、その、名前」

青年に頭を下げる。

「ありがとう。私はリア。時々ここに来てるわ。本が好きだから」

「僕は、僕は、ラ……ディラ、そう、ディラだ」

「ディラ、また会えるといいわね。さようなら」

スカートの裾を翻しながら教会から迎えの馬車が来ているはずの場所まで全力疾走。女がはしたないと言われる行為ではあるが、喪女が今更一つみっともない行為を増やしたところで誰も気にして見ることもない。あ、喪女にもいいところはあるわね。損ばかりじゃないかも。

何度も本に夢中になって約束の時間に遅れたので、今度やったら図書館に寄るのは禁止だと言われているので必死。

四の鐘は、カァーーーーン、カァーーーーンと、二つ目が鳴り終わる。

カァーーーーン三つ目が鳴り終わったところで、馬車の姿が見えた。

間に合った。四つ目の鐘が鳴り終わる前に、御者に声をかけて馬車に乗り込む。

「まぁ、お嬢様、また全力疾走したんですね？」

侍女のマールが呆れた声を出す。

「貴族の娘ともあろう者が……」

「あはは、大丈夫よ。誰も貴族なんて思ってないだろうし」

マールは私より二つ年上の十七歳だ。社交界デビューした十三歳から私専属の侍女として働いてくれている。まぁ、専属になる前から侍女頭の娘として姉のように私の面倒を見てくれていたから、遠慮もなく言いたい放題。

「誰も貴族なんて思ってないのであれば、なおさら自分自身が貴族であることを忘れてはいけないと思いますけれど？」

うぐ。

「忘れてないわよ。貧乏貴族ってことは。お金がないからこうしてろくに護衛も雇えず、王立学園に通えず、変装して庶民も通う学校に行ってるんだもの」

はぁーと、マールが盛大にため息をついた。

「変装ですか？　好きでその格好をしてるって言ってませんでしたか？」

うっ。マールの目が私を責めている。

「むしろ、明日が変装だと思ってますよね？」

ぎくっ。

「そうよ。だって、こっちのが生きやすいんだもん。社交場に出る時の私が変装した姿。あっちが偽物。ああ、もう。思い出したくないわ。行きたくない」

マールがにやりと笑った。

「ふふふ、屋敷に戻ったら、明日に備えて準備を始めましょうね。明日も完璧(かんぺき)な姿に〝変装〟させてあげますわ。ミリアージュお嬢様」

庶民も通う王都の学校にリアとして通う喪女の私。

明日は、美女の男爵令嬢ミリアージュに変身しないといけない。

そう、明日は、皇太子妃候補の第一回選考会が開かれる。

毎月一回選ばれた候補者十名が集まり、チャラ皇太子におべんちゃらしなきゃいけないそうな選考会だってさ。

もう、さっさと不合格の烙印(らくいん)を押してもらえませんかねぇ。

あー、気が重い。

◆第三章　初めての皇太子妃選考会

「今日もお美しい。国一番の美しさですわ、お嬢様！」

侍女のマールのうれしそうな顔が鏡の中に映る。

「私が国一番なんじゃなくて、マールの腕が国一番なんじゃないかしら？」

普段は学園で汚いだのみっともないだの不細工だのいろいろ言われる私ですよ？　……眉毛を太くしたり目立つそばかす描いたりと多少はマイナス寄りにいじくっていますが。よく見るとかわいいなんて思われたこと一度もないんですよ？

「何をおっしゃいますか！　ミリアージュ様は本来化粧など施さなくてもそれは美しいお顔をしていらっしゃいますわ！　光り輝くばかりの美しさ！　私はほんの少しお嬢様のお手伝いをして差し上げているに過ぎません」

マールがきりりと眉を吊り上げた。

そして、紅筆を手に力説する。

「不機嫌に口を結んでも、笑っているように見えるよう口角を上げたように紅をさすとか」

うぐっ。だって、退屈になってくると、こう、笑っている表情を取るのも辛くなるじゃない？　別に不機嫌になっているわけではなく、ぼーっとするだけで……。

次にマールは頬紅を手に取った。

「どこまでも真っ白な肌を、パーティーに興奮して頬が蒸気しているように見えるよう桃色にするとか」

いや、だって、一刻も早く帰りたいと思うのに、興奮なんてしないって。むしろ、ぞっとして顔がもっと白くなることの方が多い……ああ、それをカバーすることも見越しての頬紅なのか……。

「もちろん、にらみつけているように見られるといけませんから、目元も優しく見えるように目じりを下げ、弓なり型に近づけるようにしております。お嬢様、ほら」

と、マールが鏡の中の私の顔を指さす。

ええ、確かに。引きつっているはずの私の顔ですが、目元は微笑（ほほえ）んでいるように見えなくもない。

「ねぇ、マール、ちょっと腕が良すぎやしない？　怒っていても相手に伝わらないわよね？」

ぎくっ。

鏡の中のマールの顔は笑っているのに笑っていない……う、うん、笑っているように見えても殺気は伝わる、よく分かった。化粧しても殺気を出せば伝わるのね。

「お嬢様、とにかく笑っていればいいんです。笑っていれば。男爵家などいつお取りつぶしになるか分からない弱い立場ですが、こちらに非さえなければ、さすがに噂（うわさ）だけで処分されるようなことはありません。笑っていればいいんです」

マールの言う通りだ。不満に思っていてもそれを顔に出したらまずい立場なのだ。

皇太子に対してはもちろん、他（ほか）の候補者はみな私よりも位が高いのだから。

「分かったわ、マール。なるべく皆から距離を取って黙って笑って見てることにする」

マールの殺気が増した。

「お嬢様、馬鹿にしたような顔で笑っていてはだめですからね！」

あ、はい。

一の鐘とともに第一回選考会が始まるので、鐘が鳴る二時間前に王城へと足を運ぶ。

これね、身分の低い人間から会場入りするっていう暗黙の了解があるからなんだけど。

二時間も前に会場に入って、何して過ごそうかな。

通された部屋には、十脚の椅子と、一つのソファが置かれていた。作りはどこを見ても豪奢。キラキラと光を反射するシャンデリアが天井から垂れ下がり、床には毛足の長い絨毯が敷き詰められている。絨毯には繊細な模様が織り込まれている。

ああ、これってもしかしてうちの領地の山を越えた向こうのペルシーアの絨毯かしら？　うちにもほんの小さなものがある。一人が足を乗せられる程度のサイズなのに、金貨一枚もするとお父様が言っていた。

部屋の大きさはその百倍も二百倍もある。いったい、この絨毯一つでいくらするのか……。

くらりと眩暈がした。

踏むのももったいない……と、入り口で立ち止まっていると、後ろから声がかかった。

「どうなさいました？」

落ち着いた男性の声に振り返る。

「さ、さ、宰相閣下」

五十代半ばのスマートな男性だ。伯爵家の次男として城勤めをし、実績を積み上げて宰相にまで上り詰めたという人物だ。

陛下の右腕として宰相を務め始めて十五年になるという。ハマルク宰相。

「あなたはヒューレド男爵家のミリアージュ様ですね。お好きな席にお座りください」

お好きな席と、言われても……。

「ああ、もしかして男爵家ということで、上位貴族がそろってから最後に着席するつもりでしたか？」

それもある。椅子の並びから、当然上座と下座はあるのだけれど、下座が一番殿下の顔がよく見える場所だったりすると「その席は私のものよ」と言われかねない。

あいまいに笑って答えに窮していると、ハマルク様が額に手を当てた。

「これは、配慮が足りませんでしたね。早く到着したご令嬢に立ったままお待ちいただくのは申し訳ないと椅子を用意させましたが……確かに、席でもめる可能性はありますね。椅子はすべて壁に寄せて配置し直しましょう。そうすれば、着席しやすいでしょう」

ハマルク様が背後に控えている騎士に指示を出し、部屋に並べてあった椅子をすべて壁に寄せた。

正面の真ん中のソファだけはそのままだ。

それから、いくつかのテーブルを持ってこさせ、飲み物とお菓子を置いた。

クッキーのようだ。……ああ、あれ、食べかすが落ちたら、高価なペルシーアの絨毯の長い毛足の間に入り込んじゃうよなぁ。

「まだ二時間もあります。ご自由にどうぞ」

ハマルク様の言葉に、ついうっかり、

「え？　食べてもいいんですか？　クッキーですよ？」

と、答えてしまった。

「ん？　クッキーではご不満でしたか？」

あ、しまった。どうやらクッキーに不満があると思われてしまったようだ。

「あの、違います。この絨毯、ペルシーア産のものですよね？　ずいぶん高価な品だと伺っています。クッキーのようなお菓子だと、気を付けて食べても知らずしらずのうちに崩れたかけらを落としてしまうことがあると……毛足の長い絨毯の隙間に入り込んでしまえば手入れも大変になるのではないかと……その……」

思っていたことを口にして、ポカーンとしている宰相の顔に気が付き慌てて口を閉じる。

掃除が大変だとか高いものを汚すと大変だとか、……そもそも値段の話とか……これ、しちゃダメなやつだったんじゃや。

男爵家はけっこうかつかつだから、そうそう新しいものに買い替えられるわけではなくて、汚さないように、汚れないように、汚れが目立たないようにと絨毯は使っていて……つい。

「くっくっく」

あ、宰相が笑い始めた。

「大丈夫ですよ。実はこれ、大きな一枚の絨毯に見えますが、タイルのように小さい絨毯を敷き詰めてあるだけなんですよ」

　ほらと言って、宰相が自ら一つはずして見せてくれた。ちょうど、うちにある足が置けるくらいの大きさのものと同じサイズだ。あれ？　うちにあるの、パーツの一つなのかな？

「だから、こうしてはずして後ろから叩けば、ごみも取れます。汚れたらはずして洗うだけです」

「す、すごい……これならば万が一、一部を焦がしてしまっても、そこだけ取り替えることができるということでしょうか？」

「ああ、まぁそうですね。だけれど、すごいところはそこだけじゃないんですよ」

　と、ハマルク様が声を潜めた。

「この大きさの絨毯を買うと金貨千枚はするのですけどね」

　き、金貨千枚？　想像もつかない値段だ……。絨毯ですよ、たかが絨毯……。

「小さいサイズは一枚で金貨一枚。この部屋には二百三十四枚敷き詰めてありますから」

「ずいぶん節約になりますね」

　金貨二百三十四枚もすごい値段なんだけれど、金貨千枚に比べたら、四分の一だ。

「どう思われます？」

　どう？　これ、素直に答えた方がいいのかな？

「あの、正直にお答えすると……」

　ちょっと迷う。貴族の令嬢らしい返答を期待されているならばそれに答えないといけないとも思う。でもよく考えたら、ここって、皇太子妃選考の場所だよね。ちょっとばかし貴族の令嬢らしからぬことを言って「変な女だ、顔はマシだが皇太子妃にふさわしくない」とか思われて、宰相閣下の裁量で選考から漏れた方が楽になれるんじゃないかな？

と、思ったので、遠慮せずに正直に言うことにした。

「すごいと思います。同じような見た目になるのに、それほど値段が違うものを用意できるなんて！あの、とすると、もしかしてあのシャンデリアのキラキラ光っているものも、水晶ではなく、その半値だと言われているベネチュアンのガラスでしょうか？」

一瞬ハッとしたように目を見開いた宰相が、すぐにおどけた様子で顔を覆った。

「ばれてしまいましたか。我が国にはまだ流通していないガラスをよくご存じでしたね？　それも値段まで」

ばれたっていうことは、もしかして言ってはいけなかったたってこと？

水晶じゃないっていうのは秘密だったとか？

「水晶の偽物を王城に使うなどと非難されることもありましてね」

あ、他の人も知っているなら秘密じゃないってことだよね。よかった。

ほっと胸をなで下ろすと、宰相が顔を覆っていた手を下ろすと私の目を見た。笑っているような笑っていないような目だ。

「ガラスのシャンデリア、どう思います？」

また意見を求められた。ええっと、素直に答えても大丈夫だよね？

「偽物じゃなくて、本物のガラスですよね。ガラスを見るのは初めてですが、とても綺麗だと思います」

「ふふふ、水晶の偽物ではなく、本物のガラス……ですか。果たして、お嬢様方の美しさは本物でしょうか。楽しみですねぇ」

実に楽しそうに話をまとめてハマルク様は部屋を出ていった。

あれ？　よく考えると、うちの国って別に財政難でもないのに節約？　あ、もしかしてこの部屋はベネチュアンの人を招くときに使うとか？　外交には自国自慢だけでなく相手国に敬意を払わなければならないものね。それとも国内貴族へ、王宮ではいち早く最先端の品を使っているというアピールのためかしら？　王城ならばいろいろな理由があるんだよね？　本物であればいいというものではないのよね。でも、選考会にこの部屋を使う理由はなんでだろう？

ハマルク様と入れ替わりに、皇太子妃候補の一人が姿を現す。

順番でいえば、私の次に位の低い、子爵家の……名前は何だったかな。

深い紫色のドレスを身にまとった胸の大きな妖艶な美女だ。

つかつかとテーブルまで歩いて上に載っているクッキーを躊躇なくつまんだ。

「あなたが噂のミリアージュさんね。私はパール子爵家のファエカよ。領地が遠くて、二年に一度くらいしかパーティーに出られないの。初対面になるかしら？」

「噂ですか？」

「ええそう。周りが聞いてもいないのに教えてくださるのよ。二年前からね。とても美しい娘が社交界デビューした。ファエカとどちらが美しいのか、負けられない、王都へ行くべきだとかなんとか。

まったく、どうでもいい話をぺちゃくちゃぺちゃくちゃ」

「どうでもいいんですか？」

私も誰が一番綺麗かとか本当にどうでもいいとは思うけれど、舞踏会でも、周りの人たちは誰が綺麗だということばかり噂しているのに。

「だってそうでしょう？　遠くに住む、顔も合わせたことのない美しい女性の情報は必要？　隣国に千年に一人現れるかと言われる美女がいるって言われても、へーそうですかって思うくらいでどうでもいいでしょう？」

ふぅっとファエカ様がため息をついた。

「それなのに、誰が一番美しいか競えなんて馬鹿なことに選ばれるなんて……」

馬鹿なこと？

「あの、ファエカ様は、皇太子妃になりたいと思わないのですか？」

ファエカ様がクッキーの載った皿を一枚持ち上げ、壁側に寄せてある椅子に座って食べ始めた。

慌てて、ジュースの入った白磁のコップを二つ手に取り隣の椅子に腰かけた。

手袋をしているので落とさないように慎重にコップを持つ。

「皇太子妃になりたいなりたくないは関係なく、私はこれは出来レースだと思ってるのよ」

ファエカ様が、私もうすうすそうじゃないかと思ったことを口にする。

もともと皇太子妃候補として名前が挙がっていた人たちの誰かよねぇ？

ファエカ様が自信満々に笑った。

「たぶん、殿下はすでに心に決めた人がいるわね」

「え？　嘘！」

え？　心に決めた人？　思わず意外すぎる言葉に声が出る。

だって、チャラチャラと女性たちの肩を抱いていて女好きにしか見えなかったのに、心に決めた人？　……と、いけない。不敬な言葉が思い浮かびそうだ。

「もしそうなら、こんなことしなくても……指名すれば……」

好きな人を皇太子妃にするって言えば終わらない？

「だから、そこよ、そこ。競って一番美しい人は誰でしたっていう体裁にすることで、反対勢力を抑える狙いだと私は思っているわ」

ファエカ様の言っていることがよく分からなくて首をかしげる。

「たとえば、私やあなた。子爵や男爵の令嬢が皇太子妃になるなんてありえないでしょ？　でも、美しい人を選ぶと宣言して、より美しいのは誰か競わせた結果、一番は子爵令嬢でしたってなれば、なんとなぁく、反対しにくいと思わない？」

「確かに……って、ってことは、殿下はファエカ様のことが好きってことじゃないですか？」

びっくりして思わず令嬢らしからぬ大きな声を出してしまった。ファエカ様はそれを咎めるでもなく、楽しそうな顔をして私を見た。

「って、可能性はあなたにもあるわよ」

ファエカ様がにやりと笑って私を見る。

うえー、背筋が寒くなったよ。やだ、絶対私じゃないって言って！

「ふふ、もしかすると反王家勢力の家の者かもしれないし、殿下よりも年上の人かもしれない」

ファエカ様の言葉にほっと息を吐きだす。

言われてみれば、選ばれていた十名の中には通常なら皇太子妃候補として名前が挙がらないであろう反王家勢力の伯爵家の者や、殿下よりも五歳ほど年上の方の名前も挙がっていた。

国内の貴族たちの勢力はバランスが取れていて安定している。だけれど、長い間陛下に子供が生まれなかったため、徐々に次の王座を狙った勢力が力をつけていった。王弟派や、前王の弟派など。どこかの派閥のご令嬢を皇太子妃として迎えれば、別の派閥の反発を招きかねない。一触即発とまでは行かないけれど、どこどこに肩入れするのかと、不満の声は上がるだろう。

美人と結婚したかったんだと言ってしまえば、不満を上げている人もばかばかしくなるかもしれない。なるほど。心に決めた人がすでにいる……か。

じゃあ、ほとんど接点のない私って可能性は低そうね。同じ学園に通ってた誰かや、社交会などで頻繁に言葉を交わしている誰かよね？　私じゃないよね？

よかった。本当に単なる美人の数合わせか。

……と、違う、そうじゃない。ほっとしている場合じゃない。……だって、好きな人と反対を押し切って結婚しよう！　なんて、そこまで愛に溺れてるとかやばいよ。

相手が、自分のことしか考えてない、国のことなどこれっぽっちも考えてない女性だったら、本当に傾国の美女じゃない。反対を押し切ってまで結婚するほど愛されてるなら……皇太子殿下、のちの陛下を言いなりにして、好き放題できてしまうわけで。

こ、怖い。

「ありがとう」

二つ持っていたうちのコップの一つをファエカ様が受け取り、二人でジュースを飲んでいるところに、三人目、四人目、五人目と次々とご令嬢が現れ始める。ファエカ様も私もそれ以降は選考のことについては何も話をしなかった。

……なんせ、自分が選ばれる気満々の方たちに聞かれて困るようなことは話せないわけで。

他のご令嬢たち同様、クッキーの味がどうの、どこの何々が美味しいだの、新しいお菓子のレシピがどうのと、さして興味もない話で時間をつぶす。

ふと、教会図書館で会った青年を思い出す。

「甘い菓子の話ばかりより、楽しい」とディラは言っていたなぁ。うん、本当に、ご令嬢が集まるとお菓子の話ばかりかも。……あれ？　お菓子の話？

貧乏男爵家の私なんて、お菓子は数か月に一度食べられるかどうかだ。庶民ともなれば一年に一度口にするかどうか……いや、貴族よりよほど金回りのよい庶民もいるにはいるけれど。私の通っている学校で、お菓子のことが話題に上がることはそれほど多くはない。

周りにお菓子の話ばかりする女性たちがいるっていうことは、ディラはかなり裕福な家の人間ってことかな？　サイズは合わないけれどそれなりに良い布地を使った服を着ていたことを思い出した。

そうこうしてる間に、指定された一の鐘が鳴る時間が近づき、最後のご令嬢が部屋に入ってきた。

候補者の中で一番高位である、公爵令嬢。エカテリーゼ様だ。

誰よりも膨らんだスカートの真紅のドレス。大きく開いた胸元には、ふんだんに宝石がちりばめられている。大きな胸に、くびれたウエスト。美人というよりはグラマーだと表現したほうが似合うような女性だ。

吊り上がったきつめの目元ではあるが、少し困ったようにカーブを描いた眉と、大きくプルンと膨らんだ唇。少し上を向いた鼻が残念だが、整いすぎた顔よりも逆に色気を感じる。オレンジブロンドに赤みがかった茶色の瞳も情熱的で色気を引き立てている。

確か皇太子と同じ十七歳で、ともに王立学園で学んでいるはず。皇太子妃は彼女で決まりだと噂されている人物だ。

すぐに、二人のご令嬢がエカテリーゼ様の左右に立った。

いわゆる取り巻きだろうか。二人ともとても整った顔をしているものの、エカテリーゼ様のようなオーラはない。

「皆さまおそろいのようね？」

エカテリーゼ様がざっと室内を見渡して真っ赤な扇を広げて口元を覆った。

「まずは、お詫び申し上げますわ」

いきなりのエカテリーゼ様の謝罪の言葉に、誰もが驚きを隠せないでいた。

何を謝るというのだろう。最後にのんびり入ってきて待たせたこと？　それは高位貴族が後にという暗黙のルールがあるのだから別に謝るようなことではない。

「私のために、こんな茶番に付き合わせてしまって申し訳ないわね」

タズリー侯爵家のジョアンナ様がエカテリーゼ様の前に立った。メンバーの中で最年長。二十二歳の女性だ。皇太子の乳母(うば)を務めたタズリー侯爵夫人の娘で、皇太子が姉のように慕っている女性だと聞いたことがある。

ん？　ファエカ様が言っていた心に決めた人ってジョアンナ様かしら？　可能性はあるわよね。だって、通常女性は二十歳までには結婚するのに、二十二歳になっても独身を貫いているのには何か理由があるはずだし。それがひそかに皇太子との愛をはぐくんでいたのであれば……。

「茶番とはどういうことですの？」

「あら、お分かりになりませんこと？　皇太子妃選考会のことですわ」

エカテリーゼ様が、ぱたんと扇を音が鳴るように閉じる。

「もう、私が皇太子妃になると決まっているというのに、選考会という茶番に付き合わせてしまって、申し訳ないと思っておりますわ」

ジョアンナ様を見下した目でエカテリーゼ様が見た。

「あら？　おかしいですわね？　決まっているなら選考会など行う必要はないのではなくて？　むしろ、エカテリーゼ様との婚約を回避するために茶番を行っているとはお考えになれませんこと？」

うわぁー。はっきり言うのね、公爵令嬢相手に。ジョアンナ様すごいな。

「なっ」

エカテリーゼ様の顔が怒りで真っ赤に染まった。しかしすぐに、扇を開いて口元を隠すとジョアン

ナ様に向けて痛烈な言葉を浴びせる。

「しつこく迫る年増から逃げるために、このような選考会をわざわざ催さなければならなかった皇太子殿下も大変ですわね」

ジョアンナ様は怒りに顔をゆがませている。

怖っ。関わりたくない。——と、遠巻きに二人のやり取りを見ていると、エカテリーゼ様が他の皆に視線を向けた。

「あなた方も、期待などなさらない方がよろしくてよ。皇太子妃になるのは私。でも、殿下のご機嫌を取れば側室になることはできるかもしれませんわね」

エカテリーゼ様が手に持っていた扇を小さく鳴らす。

「私、側室を持つことに反対はありませんの。正妃と側室、その立場の違いをわきまえられる方でしたら、歓迎いたしますわ」

にこりと笑い、エカテリーゼ様が部屋の中央へと向けて歩き出す。

その半歩後ろを、歩いてついていく二人の取り巻きのご令嬢。

側室としての立場をわきまえるということは、正妃を立て、逆らわず、取り巻きとしてふるまえってことかな？　もしかして、すでに側室も内定してたりして。

一の鐘が鳴り響き、皆で立ち上がり殿下の入場を待つ。

「お待たせ、僕の子猫ちゃんたち」

……待ったけど、待ってないし、何が子猫ちゃんだ。という感情は見せずに笑顔笑顔。

赤い上着に金の刺繍。深いブルーのズボンは瞳の青と合わせているのだろうか。頭が金色、上着が赤、ズボンが青、随分と派手ないで立ちだ。

顔立ちが美しいから似合ってはいるけれど、センスがいいとは思えない。ああ、しゃれっけゼロの私がセンスを語るのもそもそもナンセンスですが。

あれがおしゃれなのかもしれない。今の最先端のおしゃれ。

そうだったとしても……うん、好きじゃないですね。

殿下が部屋の中央へと移動する。付き添ってきた二人の騎士は部屋の入り口で待機。部屋にともに入ってきたのは宰相だ。殿下の後ろに立った。

赤金青の派手殿下がやんちゃしすぎないように見張るお目付け役？

いや、一緒に審査するのかな。それで、内定しているご令嬢に投票するのね。きっと。

私は、部屋の隅、壁際に置かれた椅子から立ち上がって、一歩だけ前に進んで立ったままでいる。

エカテリーゼ様は、殿下が部屋の中央に進むのに合わせて殿下に向けて歩み寄った。その後ろにはもちろん取り巻きの二人。そして、エカテリーゼ様のすぐ隣には同じように歩みを進めたジョアンナ様が立つ。

二人と殿下は手を伸ばせば届きそうな距離だ。

二人と取り巻きから少し距離を置いて、三人のご令嬢が殿下を見つめながらうっとりとした表情を見せる。エカテリーゼ様やジョアンナ様ほどがつがつはしていないものの、皇太子への興味は十分ありそうだ。

そして、壁際には、男爵令嬢の私と、子爵令嬢のファエカ様と、もう一人。

辺境伯のご令嬢だ。あくびをかみ殺したような退屈そうな顔をしている。どうやら、十人の候補者のうち、実質七人の争いといったところですかね。

「ねぇ、そんな隅っこにいないで、もっと近くにおいでよ」

皇太子が、壁際に立つ私たち三人に声をかけた。

いえ、結構です！　とも言えず、表情が固まる。

マールが施してくれたメイクで、微笑んではいるように見えるはず。

どうやら固まっているのは私だけではなく誰も動こうとしない。それを見た皇太子殿下が、こちらに向かって歩いてきた。

うひー、やめて！

「ふふ、大丈夫だよ。この場では身分の上下など気にしなくて。学園同様、みな平等だよ」

にこりと笑って、殿下が私に手を差し出した。

「男爵令嬢ということで、気後れすることなんてないんだよ」

キラキラと光り輝くような笑顔を向けられる。

気後れしてるわけじゃないし。なんで、女子全員が皇太子妃になりたいだろうと信じて疑わないのだ！　まぁ、確かに、遠目で見てもイケメンな皇太子殿下は、近くで見るとさらにイケメン。

白くて美しい肌はできもの一つなくてすべすべだし、薄く引き締まった唇はつやっつや。まつげはやたらと長くて、青い瞳には曇りが全くなくて宝石みたいだ。

顔もよくて地位もあればそりゃモテるでしょうね。今まで女性に冷たくされたことはないでしょうね。でも、私は、男の人は中身が大切だと思うの！　例えば……。

ふと孤児院で会ったディラのことが思い浮かぶ。

女性が難しいことを言うのを否定しなかったディラ。

子供たちに本を読んであげていれば、機転を利かして一緒に子供たちを楽しませてくれたディラ。

自分が間違っていたと思えば素直に謝ってくれたディラ。

猫背でくるくるの艶のない茶色の髪で、肌の色も白く輝くようではなくそばかすだらけだったけれど。ディラの方がよっぽど魅力的だわ！

「だって、君は皆と同じように可愛いのだから」

げっ。なんてことを言うのだ。

あー、殿下の後ろに立つエカテリーゼ様がすんごい形相で私をにらんでいる。

動けないでいると、エカテリーゼ様が動いた。

「ふふ、殿下のおっしゃる通りですわ。この場にいる私たちは皆平等ですわ。せっかくですもの、仲良くしたいわ。ねぇ皆さま」

ふわふわと、大きく膨らんだスカートを揺らしながら、エカテリーゼ様が殿下の前に出て、握手をするように私の手を取った。

「リーゼの言う通りだよ」

殿下がエカテリーゼ様の名前を愛称で呼んだ。うん、やっぱりもうエカテリーゼ様で決まりっていうのは本当なのかもしれない。

「さぁ、子猫ちゃんたち、もっと僕の近くにおいで。かわいい顔をもっと近くで見せておくれ」

殿下が私の前からファエカ様の方へと移動し、手を差し出す。

よかった。助かった。

「……っ！」

エカテリーゼ様に握られた手に痛みが走る。ギリギリと強い力で握りしめられた。

痛みに顔をゆがめると、エカテリーゼ様は鼻で笑って手を放して殿下のあとを追う。

こ、怖いって。私は何もしてないからっ！

本当に、殿下も空気読んでよ！　空気も読めない男が国王になるとか！　もう！　まじでこの国の行く末が心配すぎる。

部屋の中央あたりに皆が集まったところで、殿下が両手を広げた。

「今日はね、僕から子猫ちゃんたちにプレゼントを持ってきたんだ」

得意げに宣言する殿下。それを合図に、マネキンに着せた色とりどりのドレスを使用人が運び込んだ。

「ドレスを用意したよ。好きなドレスを選んでほしい。僕は美しい人を妃にしたい。それに将来にわたってずっと美しくいてほしいからね。自分をより美しく見せるドレスを選べるかどうか、センスを見せてほしい」

え？　ドレスを用意した？　ずっと美しくいてほしい？

「まぁ、殿下！　ありがとうございます。うれしゅうございますわ」

「ふふ、私、殿下のために生涯(しょうがい)美しさを磨きますわ！」

ご令嬢たちは、歓声を上げ目を輝かせている。

そりゃそうよね。妃になったら美しさを保つために好きなだけドレスや宝石を買っていいって言ってるようなもんじゃない！

これは駄目だ。本格的に、殿下は駄目だ。

妃の浪費を止めるようなことをするタイプじゃない。

本格的にまずい。この国は、殿下が王位についたら、あっという間に傾きそうだ。

国民に重税を課すことも考えられる。疲弊した国をチャンスとばかりに他国が攻めてくるかもしれない。いくら今は隣国との関係が良好といっても、十年後、二十年後までは分からないし。

これは、冗談じゃなく男爵領が生き残る方策を考えて準備を進めないといけない。

国が傾こうが、他国に侵略されようが、領民が生き残る道。

「では選んでくれ。希望のドレスの番号を後で尋ねるよ。希望者が複数いた場合は、僕が一番似合いそうな子を指名するからね。さぁ、じっくり見て比べてくれ」

運ばれてきたドレスに、令嬢たちが群がりあーでもないこーでもないと考え始める。

さすがに、いくらこの場では平等と殿下が言ったとしても、その言葉を鵜呑(うの)みにしているご令嬢はいない。エカテリーゼ様を始め、高位貴族が順にどのドレスを気に入ったのか確認しつつ選んでいる。

残されたドレスの中で、これは私が選ぶから、あなたは別のものにしなさいと交渉している令嬢もいる。

ドレスなど、なんだっていい。もっと私には考えないといけないことがある。領地のことだ。

二百名足らずの領民。少ないからこそ、大きな家族のようなものだ。全員の顔と名前も分かる。私の誕生日には皆でお祝いをしてくれる。

こんなチャラ男が王様になったせいで、国が傾き領民たちが税に苦しみ、他国に戦争で負けて奴隷のような扱いを受けたらどうしよう……。

どうしたら助かる、助けられる？

「ミリアージュはどのドレスが欲しい？」

「ドレスなんていらない」

名前を呼ばれたのでほぼ条件反射で答えてから、青ざめる。

ざわりと場が揺らぐ。

「殿下のお選びくださったドレスはどれも気に入らないと言いたいのではありませんこと？　ずいぶん失礼ですわね」

「で、殿下のプレゼントをいらないなど、不敬もいいところですわ！」

しまったぁ！　考え事をしていたとはいえ、私ってばなんてミスを！

「どういうことだい、子猫ちゃん。もっと高価なドレスがご希望かい？」

殿下が私の目の前に立ち、顎（あご）をくいっと、くいっとした。

うぐ、不敬だと言われなくて済んだのは助かったけれど……、これ、どう乗り切ればいいの？

「わ、私は……ご存じのように男爵家で、決して豊かな生活をしておりません。えーっとそれで」

おしゃれに興味もない。ドレスに魅力も感じない。なんて言えるわけもない。

「くすくす、そりゃあ普段ドレスを選び慣れていないのであれば選び方が分からなくても仕方ありませんわよね」

「あらいやですわ。同情を誘って点数を稼ぐつもりかしら」

好き勝手に後ろでひそひそと話されている。いや、だけど、それに乗らせてもらう。

「殿下からドレスのプレゼントなど、その恐れ多くて、私には着こなせるとも思えず、その……もったいないお話で……」

私の顎をつかんだままの殿下がにこりと笑った。

「子猫ちゃん、君はドレスを男性が女性に贈る意味を知らないのかい？　着こなせるかどうかなんて関係ないんだよ。脱がすために贈るんだからね。遠慮せずに受け取ってね」

パチンとまるで音がしたかと思うほど綺麗にウインクを決める殿下。

え、脱がす、ため……？

「いやだわ、純情ぶって殿下の気を引こうとしたに違いませんわ」

「なんて策略家なんでしょう。絶対に負けられませんわ！」

うう。ご令嬢たちの視線が痛い。目立つつもりなんてなかったのに。

しかも、そういったご令嬢たちの話に、エカテリーゼ様とジョアンナ様は一言も参加しない。

それが一段と怖い。

目立とうと思ったわけじゃないんです。純情ぶったわけでもないんです。

気を引こうとなんて、これっぽっちも思ってないんです！

「みんな選んだみたいだね。別室でこれから試着と採寸をしてもらうよ。サイズ直しが終わってから、各家に届けさせるからね。次の選考会には着てきてほしいな、子猫ちゃんたち」

殿下が退室すると、侍女たちが入ってきてそれぞれ小さな部屋に案内され、お針子さんたちに囲まれた。言われるままに手を上げたり下げたり。

皇太子は十七歳か。陛下は五十になるかならないかだったはずだ。王室系譜の本だと、この国は王が崩御されてから譲位するよりも、生きている間に譲位することが多い。通例では、陛下が六十歳になると位を譲る。

……十年か。あと十年の間に何ができるだろ。

「あら、あなた……」

お針子の一人に目を留め、思わず声をかける。
十三、四の若い少女だ。
「この子はまだ見習いなのですが、今回は十着を同時にということで、人が不足しておりまして……その、失礼がありましたでしょうか？」

二十代のリーダーらしき女性が慌てて、少女をかばうように進み出た。

うつむいてしまった少女の顔を、下から覗（のぞ）き込む。

ああ、やっぱりそうだ。

「あの、若いですが、腕は確かなんです。小さなころから針を持って練習を繰り返していたようで、決して他の者に劣るというわけではございません」

「よかったわ、サリー。よい先輩に恵まれて、しっかり仕事をしているようね」

孤児院にいた少女サリー。

半年ほど前に、縫い物の腕を買われて住み込みの仕事が見つかったと神父様から聞いていた。

「え？　な、なぜ、名前を？」

なぜって、忘れちゃったの？　リアだよ。縫い物を初めに教えたのは私でしょう？

しまった！　リアの姿じゃない！　今はミリアージュだった。

「あー、あー、えっと、孤児院に顔を出している、その、知り合いに聞いたの。その、裁縫を教えたらとても熱心に練習を重ねて、仕事を見つけた子がいると……時々、孤児院の子たちにお給金でお菓子を買っていってあげてるんですってね。子供たちはとても喜んでいるそうですわね」

私の言葉に、サリーが目をキラキラとさせた。

「リア姉さんのお知り合いなんですか？」

小さく頷く。

「あの、私、一生懸命このドレス縫います！　ミリアージュ様が他の誰にも負けないように、頑張りますっ！」

あ、いや。うん、負けてもいいんだけど。

「そうだったの、サリーはお給金を何に使っているかと思ったら、自分のためでなく孤児院の子のために使っていたのね……」

お針子さんがちょっと首をかしげた。

「ダメでしたか？」

サリーが不安そうな顔をする。

「いいえ、駄目じゃないわ。少しくらい自分のために使えばいいのにとは思うけれど……。まだ見習いだからいくら優秀でもこれ以上お給金は上げられないの」

そうか。少ない給金のほとんどをサリーは孤児院の子のために。

それを、このお針子さんは心配してくれてるんだ。いい人に囲まれてよかった。

「大丈夫です、あの、十分もらってます。それに、えっと、欲しい物はその……十分手に入ってますから。お腹いっぱい食べられますし、皆さんによくしてもらってますし、仕事も楽しいですし、えーっと、贅沢すぎるくらいなんです」

サリーがうれしそうに笑う。

お針子さんがぽんっとサリーの頭をなでた。

「じゃあ、私たちも目いっぱい頑張りましょう！」

ああ、他のお針子さんも張り切りだした。

「ドレス選考会で、殿下から一位を獲得したドレスを作ったチームには、特別手当が出るからね！もちろん見習いのサリーにも」

……えええええっ！　そんな！　そりゃ、プレゼントするだけで終わるわけないか。選考会だもんね。だけど、そんな話聞いちゃったら……。

「私も、皆さまが作ってくださるドレスを一位が取れるように頑張って着こなしますわ！」

としか、言えないじゃないのっ！

——おかしい、どうして、頑張る方向に向いてしまったのか。


四の鐘が鳴るころに城を出る。

「どうでしたか、お嬢様？」

馬車に乗るなり侍女のマールが期待に満ちた目を向けてくる。

「ダメだわ」

こめかみを押さえながら小さく首を横に振る。

「へ？　ミリアージュお嬢様が他のお嬢様方に負けていたのですか？　そ、それは私めの腕が悪かった責任……」

「ああ、違うわよ。ダメなのは、アレよ。名前は出せないアレが、もうどうしようもないアホで」

アレとは当然皇太子殿下のことである。それはマールに伝わったようだ。

「好みではないということですか？　でも、貴族というものは政略結婚も普通のことですよ、お嬢様。男爵家は選べる立場にございません。腹が出て禿げ上がった親子ほど年の離れた人よりはマシだと割り切らなければ……」

マールの言葉に、腹が出て禿げ上がった親子ほど年の離れたスケベな目をして肌が脂ぎった男を想像してぞっとする。

「わ、私、貴族にこだわりはないわ！　相手は庶民でも構わないっ」

マールがおやっと首をかしげる。

「ミリアージュお嬢様、誰か好きな人でもできましたか？　いつもでしたら、結婚はしないと言うのに」

あれ？　本当だ……。

好きな人？

ふと、ディラの姿が思い浮かぶ。背が高くて猫背の青年。子供たちを気遣ったり、素直に謝罪できたり、そして……お菓子の話をするよりも本の話ができる方が楽しいと言ってくれる人。

「くふ、くふ、ついに、ミリアージュ様にも春が」

ニヤニヤと笑うマール。

「ち、違うわよっ！　ああいう人となら結婚してもいいかもしれないと思っただけで、別に好きとか、そんなんじゃなくて、そう、アレよりはずっと素敵だと思っただけ、比較の対象がアレなんだから、だから、そのっ」

さらにニヤニヤの止まらない様子のマール。

「ああいう人ですか、そうですか。どのような人かお聞かせ願えますか？」

「し、知らないわ、知らないってば！　だから、もうっ！　今はアレの話でしょう！　時間がないのよ、アレ対策しないと！　じゃないと、破滅だわ！」

話を逸らすのと、本当に大変な状況なのとで、頭からディラの姿をかき消す。

「えーっと、どういうことでしょう？　まさか、いくら嫌悪しているからと、アレを怒らせるようなことをしでかしてしまったのですか？」

破滅という言葉にマールが青ざめる。

「いいえ……そうではないわ。破滅するのは国よ。アレは……国のことなど考えていないアホよ。女にうつつを抜かす馬鹿ね。言われるままに宝石やドレスを買い与え、財政を破綻させるのは間違いないわ。きっと、ハイエナのような者たちがおこぼれをもらおうとおべんちゃらですり寄って、どんどんと腐敗していくでしょうね。国力が落ちたら、最悪隣国から攻め込まれて……ああ、どうしたらいいの、ねぇ！」

会場では黙っていた恐ろしい考えが次から次へと口から漏れ出す。

「まさか……本当ですか？」

マールが身を乗り出して私の話を聞いてくれる。

宰相が一緒に部屋に入ってきたけれど、特に何も発言しなかったし、途中から存在も忘れていた。

現陛下は、愚王というわけではない。賢王と評されるほどではないが、隣国との外交もうまくこなし、領民が苦しまないような施政を敷いている。

その陛下でも……親の立場になると、馬鹿になるというの？

唯一の王子だから、宰相やその他の貴族も強く言えないのだろうか。

反王家派は王弟を次の王へと推しているはずだ。長く子に恵まれなかったため、次の王は王弟になるだろうと長年王弟に肩入れしていた貴族たち。

彼らは武闘派で、隣国をこの手に収めようと陛下に進言していると、お父様が言っていた。

せっかく隣国とよい関係にあり、長く平和が続いているというのに。王弟が王座につけば戦争が始まるだろうと。それくらいであればチャラかろうがアレが王位を継いだ方がマシ。……で、宰相とかも強く言えないのかもしれない。

王弟が王位を継いでも、皇太子が継いでも、国は荒れる。

男爵領を守らなければ。

国とともに破滅しないように……。

◆第四章　男爵領の特産品作り

「おはようございますミリアージュお嬢様。今日から半月ほど学校は休みになりますが、何をなさいますか？」

　そうだった。学校は休みだ。春の長期休暇だ。遠くから王都の学校へ通うために家を離れている子たちが帰省するための休み。

　私の場合は家から通っているから休みだからといって特に予定はない。

　いつもならば図書館にこもって読書三昧できると喜ぶところだけれど。

「今日も領地を視察しようかしら。マール、一緒に行ってくれる？」

「ええ、もちろんですよ」

　領地といっても、男爵家の屋敷を一歩出たところから町が広がる。

　いや、町というよりも農村に近い風景だ。建物が立ち並ぶ区画があり、その向こうに農地が広がる。

　いや、広がるほどのサイズもなく、竹林が広がり、その後ろに山だ。

　町と農地をぐるりと一周しても、二時間とかからない。

　いつもの動きやすく地味な灰色の服を着る。

　学校へ行くわけではないのでそばかすや眉毛のメイクはなし。簡単に髪を縛っておしまい。

「あ、お嬢様だ、おはようごぜーます！」

「わー、ミリアージュ様、これ、お花あげる～」

領民たちが皆笑顔で挨拶(あいさつ)してくれる。私の大切な〝家族〟たち。

黄色い小さな花をくれた子供は、十年後には今の私と同じくらいの年齢になるだろう。

背中に赤ちゃんを背負っている女性は十年後には子供が増えているかもしれない。

山から切り出した木を荷車に載せて引いている男性は、腰が曲がった老人になっているかも。

……国が亡(ほろ)ぶとどうなるのだろう。

不作に備えるならば食べ物を備蓄しておけばいい。戦争になった時にも食糧は必要だろう。増税に耐えるにも……。だけれど、うちの領地は農地が限られている。

町を出て、農地が見える場所へと足を運ぶ。二百名足らずの領民が食べるのにも事欠く広さしかない。農地を広げようにも、竹林がそれを阻んでいる。いや、たとえ竹林がなかったとしても、山を切り開いて農地にするのも困難だ。

だったら、食糧を購入できる現金を手に入れるしかない。

「どうしたら、お金が手に入るのかなぁ……」

ぽつりとつぶやくと、マールが山を指さした。

「あれが鉱山だったらよかったですね」

確かに、農地は少ないけれど山は多い男爵領だ。山が鉱山だったら、ウハウハ？　いや待って。

「それ、すぐに領地を取り上げられる案件で、ちっともよくないんじゃない？」

鉱山であれば、領地を王に返還しろと言われるか、高位貴族に領主が挿(す)げ替えられるか、ろくな未来は見えない。むしろ、金になる鉱山を狙って他国が攻めてくる理由にすらなる……。

ぶるぶると身震いする。

「だめね、お金を生みすぎる土地は危険だわ。広大で実り豊かな農地もないからよかったわね」

そう考えると、狙われるのは豊かな領地だけではない。食糧をため込むにしろ、お金をため込むにしろ……奪われたらおしまいだ。

同意をするようにマールが頷いた。

「世の中いいことばかりでもなく悪いことばかりでもないってことですね……。お嬢様が皇太子妃候補に選ばれたのも、ある意味こうして備えることができてよかったのかもしれませんね」

「まあ、確かにそう考えればそうね。あ、いいことと言えば、サリーにも会えたのよ」

「それはよかったですね！　サリーが孤児院を出てからどうしてるのか心配していましたものね」

「マール、そうよ、サリーよ！　サリーだわ！」

サリーのことを口に出して閃いた。興奮してがくがくとマールの両肩をつかんで揺さぶる。

「お、お嬢様？」

サリーは、裁縫の腕を買われてお針子としての仕事が見つかった。そして幸せそうに仕事をしている。

財産は奪われることもある。土地もお金も、きっと産業も技術さえも奪われていくだろう。

だけれど、個人の技能は奪いようがない。

いくら技術を学んだとして、すぐにできるようになるわけではない。練習し何度も試行錯誤や失敗を繰り返した末に身につく技能。殺すには惜しい技能を持っていれば、他国に侵略されようとも生き残れるんじゃない？

お金になる技術を持っていれば、土地を追われても仕事を得ることができるんじゃない？

「ねぇ、マール、うちの領民たちが得意なことって何かしら？　他(ほか)の領地に住む人たちに勝っていること」

マールはうーんと眉を寄せて考える。

「人がいい？」

「それは否定はしないけれど、そうじゃなくて、なんて言えばいいの？　マールなら私を美人にする化粧の腕があるでしょ？　領民たちはどんな能力があると思う？」

マールが再びうーんと眉を寄せた。

「あれ、ですかね？」

マールが畑の横に無造作に積み上げられた切り取った竹を指さした。

「竹？」

他の領地にはあまり竹は生えていないというけれど。

そもそも、竹は、どんどんと根を広げて畑を侵食する厄介者だ。畑に広がらないように切っても、春になればどんどんタケノコを出して増えていく。いくらタケノコが美味(おい)しく食べられるとはいえ、好んで竹を栽培しようなんて領地はないだろう。なんせ、薪(まき)にすらならないのだ。

生乾きで燃やしてしまうと、爆(は)ぜて危険なうえ、中が空洞になっているため薪ほど火のもちもよくない。

「そうですよ。うちの領民ほど、竹を使っていろいろ作れる人たちは少ないと思いますよ。水筒、コップ、スプーン、フォーク、籠、家の扉に棚、それから」

マールが指折り数える。

確かに、うちの領地の家の中には竹製品があふれている……けど。

「なんせ五歳の子でも作れますからね。小さいころから竹に触れる竹名人ばかりですよ」

農地が少ないため竹製品を作って王都で売って生活の足しにしている領民も多い。

切っただけの竹のコップ。切って穴をあけただけの水筒なんかは五歳の子でも作れる。籠を編むのも、七歳のころには誰でもできる。……技能……というほどのものではないよね。

「なかなか難しいわね……」

積み上げた竹の前で腕を組んでうなっていると、竹刈りリーダーが来た。

畑に根を伸ばさないように目を光らせ、不要な竹を取り除き、倒れそうな危険な竹を刈り取り、春のタケノコがたくさん収穫できるように竹を間引く……。長年の経験と勘で竹林を管理してくれている、そろそろ六十歳になるケルンさんだ。

長年の経験と勘か。これも技能だよね。ほんの少しの土のふくらみからタケノコを見つけ出すのも技能だ。でも、こう、いまいちインパクトに欠けるな。

敗戦国となった時に、奴隷のような扱いを受けず身柄を保証してもらえるような……交渉できるような技能って何だろう。生活に密着した品物だと替わりの品もあるだろうし、他国から輸入するってこともできちゃうかも。

王城で見た絨毯やシャンデリアを思い出す。

高級品で、他の地域では作られない、技能を要する品。そんなものができないかな？

「ミリアージュお嬢様、このあたりの竹は燃やしていいですか？」

ケルンが、積み上げられた竹の山のうちの一つを指さした。

「燃やしちゃうの？」

ケルンが頭をかいた。

「四年分くらいの竹が積み上がってて、もう置く場所がないんですよ。毎年毎年次々と竹は採れるけれど、竹で作れる物も限られてますしね」

「薪にしたら？」

売り物としては輸送費を考えればもうけがない屑だけど、領内で消費する分には輸送費がかからないし、無料で使えたら得よね。

ケルンがバツの悪そうな顔をする。

「いえ、それが……竹製品を作って出た端材を薪にしているはずで……」

ああそうか。もう、すでに多めに竹を渡して各家で少しずつ燃やしてもらっていたのね。そうよね。

領内で使う薪は「王都で売れる木」を使うことなんてないものね。

「いいわ。山に火が燃え移らないように注意して燃やしてちょうだい」

ケルンが頷いた。

何かに使える竹を燃やしちゃうなんてもったいないなぁとは思うけれど、もともと竹は何かを作るために栽培しているわけではない。

畑を守るために伐採した竹を使っているだけだ。もったいないからと伐採をしなくて畑がつぶれてしまっては本末転倒というものだ。ケルンも苦渋の選択だろう。しっかり干し上がった加工に向いた竹から燃やしていかないといけないんだ。

置く場所……か……。

「穴を掘って……」

埋めちゃったら、もうちょっと置けないかな？

「ああ、分かりました。そうですね。燃やすならその方がええですね」

へ？

「さすがお嬢様。このまま火をつけるんじゃ、火が消えるまでに大風でも吹いたら山に燃え広がる危険がありますわな。少しずつしか燃やせなくてもめんどくさがっちゃいかんです。森から距離を取って、あのあたりに穴でも掘って少しずつ燃やします」

あ、いや燃やさずに済む方法を考えてたんだけれど……。

一度に燃やさないで、少しずつ燃やすのか……。

逆に、燃やすこと前提で何かに役に立てることはできないのかな？

燃やすと煮炊きができる。暖を取ることができる。大鍋料理でもする？　いや、誰が食べるのって話。王都に持っていって売れる物を焼く？　……そもそも農地が少なくて加工するだけの食料もないから無理か。材料をいったん王都から運んだら輸送費が……。んー。

「あー、マール、ちょっと図書館に行ってくるわ！　なんだか頭がぐるぐるしてきた！」

そもそも、私、領地を回っていたのって、領民たちに何があっても大丈夫な技能がないかと思ったからだ。竹を燃やして処分するのがもったいない問題にすり替わっちゃってる。

「何か技能を身につけるヒントになる本がないか探してみる」

私の頭で思いつくようなことなどたかが知れてる。こんな時に必要なのは情報だ。知識だ。

「じゃあ、お嬢様、またあっちの変装ですね」

部屋に戻り、マールが、せっせと眉毛を太くして、日に焼けた色のファンデーションを塗り、そばかすを描き込む私を非難がましい目で見ている。

「わ、私が悪いんじゃないからね！　貴族なのに王立学園に通うお金がないんだから、個人的に家庭教師を雇うお金もないし。庶民も通う学校に通っているってばれたら、社交界では馬鹿にされ、学校でも馬鹿にされ、辛い思いをするといけないから始めたことだって知ってるでしょ。マールだって、身分を偽って通った方がいいって言ったわよね？」

マールがはぁーっと、ため息をついた。

「まぁ、そうですけど……ああ、せっかくのミリアージュお嬢様の美しさが……」

髪の毛を手でもしゃもしゃとかき交ぜ、それから手櫛で簡単に一つにまとめる。

「あああ、せっかく艶が出るまで丁寧に櫛で梳いた髪が！」

マールには悪いと思うけれど、髪の毛が綺麗なだけで、庶民っぽさが薄れるから仕方ないのよ。

王都のいつもの場所で馬車を降り、五分ほど歩いて教会へ向かう。

「あ、あれは……」

教会の入り口には、この間の姿は美しいけれどちょっと目つきが怖い警備兵が立っていた。

警備兵が扉の取っ手に手をかけて、開いてくれた。

目の前を通り過ぎ、お礼を言おうとすると警備兵が先に口を開いた。

「この間は、その……失礼な態度をとって悪かった。にらみつけるような真似をして……」

「いいえ。いつもの警備の方や神父様は、誰がどのような人間かすでにご存知ですが、あなたは知らなかったのですし。警備がお仕事なのですから。気にしていません」

ぺこりと頭を下げて、扉をくぐった。

図書館へ続く扉を開くと、扉の入り口付近には馴染(なじ)みの警備兵がいた。

「こんにちは」

軽く挨拶をして部屋を眺める。

今日のお客さんは、孤児院のカイと、それから……。

「ああ、リア、よかった。会え、た」

奥の方の席に座った長身の男が立ち上がる。

ひどい猫背で、くるくる髪の青年。

「ディラ、こんにちは。私を待っていてくれたの？」

「この間の、お詫びをしたくて……孤児院の、子供たちのために、活動してくれていたのに、失礼なことを……僕は、その、自分の損得以外のことで、行動を起こす人がいるという認識が……なくて。リアは素晴らしいって思って……」

いろいろと一生懸命言葉を選びながら謝罪を口にするディラ。

「ディラ、そんなに私は素晴らしいわけでもないわ。結局自分の損得で動いているだけだもの」

あまりにも持ち上げられすぎて背中がもぞもぞしてディラの言葉を遮る。

「私が楽しいの。ディラも、この間は楽しくなかった？　みんなで本を一緒に読むの」

ディラが下げていた頭を上げて、口角を上げた。

「た、たのし、かった」

「うん、それにね、この間お城で……」

「え？　城？」

しまったと慌てて口を押さえた。城での出来事はミリアージュの時のことで、リアみたいな身分の人間が近づけるようなところじゃないのに。

恐るおそるディラの方を見ると、普通の様子だ。……一瞬ぎくりとディラが体を強張らせたように見えたけど、気のせいだったみたいだ。

「し、城が、どうしたの？」

「あ、えっとね。私が縫い物を教えた孤児院の子がね、お針子見習いとして城で、皇太子妃候補のドレス作りのお手伝いをしたんですって。それを聞いてうれしくて」

ディラがびっくりした顔をした。

「こ、孤児が城の仕事？　き、貴族の、ドレスを縫う？」

「元、孤児院の子よ。今はお針子見習い。ちゃんと仕事をしているの。孤児が仕事をするのはおかしいかしら？　親がいなかっただけでちゃんとした技術も腕もある子が貴族相手に仕事をしたり、城へ出入りしたらおかしいと思う？」

孤児の地位は決して高くはない。親がいなければ、継ぐべき家業も土地も家も何も持っていないからだ。

だけれど、親がいたからと言っても、長男以外はいずれ家を出ていかなければならない。家業も土地も家も何も持たずに家を出る者だって多いわけで。孤児と何も変わらない。

それでも「孤児」という言葉で馬鹿にする人たちは一定数いる。

「いや、だめじゃない……ずいぶんな、出世だと、驚いただけで」

ディラは本当に純粋に驚いているだけのようだ。

「ふふ、驚くのは早いわよ。きっと、近いうちにこの孤児院の子供たちはどんどん出世していくんだから！」

「どういうこと？」

ディラが半信半疑（はんしんはんぎ）な目を向けてくる。目元は髪に隠れて見えないから、なんとなくそういう目で見られているような気がするってだけだけど。

私はちょっといたずらっ子のようにふふっと楽しく笑って、図書館の入り口付近で黙々と本を読んでいるカイに声をかける。

「ディラ、紹介するわ。こちらは、孤児院の子供のカイよ」

「初めましてディラさん。カイです」

カイが本から視線を上げて、ぺこりとディラにお辞儀をする。

「あ、ああ。ディラ、だ。えーっと、何を読んでいたの？」

ディラの質問に、カイが本を持ち上げて表紙をディラに見せた。

「す、数学……？」

ディラが目を丸くしている。ふふ、驚いてる驚いてる。そりゃそうよね。文字が読めるのは、貴族か子供を学校に通わせられるだけの余裕がある裕福な家の子くらいだもの。ましてや数学なんて。

「ねぇ、カイ、技能とか技術について知りたいんだけれど、どのあたりにあるかしら？」

カイはすぐに立ち上がり、入り口から向かって左側の棚の、奥の四段目あたりを指さした。

「何の技能？　そこにあるのが、農業の技術に関しての本。他に建築技術と、土木と剣術の本がここにはあるよ」

カイがすらすら本のある場所を教えてくれるのを、ディラは呆気(あっけ)にとられて見ている。

立ち上がるとカイの身長は百二十センチほどしかない。外見や声の高さから十歳くらいだと想像できるはず。それくらいの年齢の子が、まず同年代の子が読まないだろうジャンルの本についてまで的確に答えれば驚くだろう。

しかも、本来文字が読めるような環境で育っていない孤児の子が。

「ありがとう。まずじゃあ、農業の技術の本を読んでみるわね。そのあとまた、他の本の場所も教えてね」

「うん。分かった」

カイがにっこりと笑って奥の席に戻って続きを読み始める。

「……すごいね、カイ……。彼のことかい？　出世するというのは……」

ディラの質問に首を横に振る。カイのことじゃない。孤児院の子たち皆だ。

「え？　でも、あれだけ、本を読めれば、それだけでも十分仕事にありつける……と。むしろ、官吏採用試験も、通るかもしれない……よ？」

ディラはきっと、全然悪気もなく、皮肉でもなく本心でそう言ったのだろう。

「そうね。官吏採用試験を受験できれば、すぐにでも合格するかもしれないわ」

カイは本当に賢い。計算だって得意だ。法律も暗記している。読み書きも人の何倍も早くて正確だ。

「でも、無理なのよ。カイは、試験を受けることができない」

私の言葉にディラが首をかしげる。

「採用試験に、年齢制限は、なかった……はずだよ」

「うん。でも、試験を受けるために必要な書類には、何々領のどこどこ村のなんとかの息子だとか書く必要があるのは知ってる？　書類に空欄があればその時点で不合格だわ」

私は、城で働く父に聞いて知っていた。

ディラが驚いたようなそぶりを見せた。

「孤児が試験を受けるなんて誰も想像したこともないんでしょうね。文字が書けるのは、当然親がいて、教育を受けたであろう子供だと。孤児は努力を重ねても、絶対にできないことがあるのよ。子供たちのせいじゃないのに。親がいないのは、この子たちのせいじゃないのに……逆に、能力がなくたって、王子は王になれるのにね」

はっ、しまった。思わずチャラ皇太子を思い浮かべて……。本音が口に出てしまった。

「お、王子に、能力がない……？」

ディラがひどく驚いた表情を見せる。そりゃそうだろう。不敬に当たるようなことを口にしてしまったのだ。

「ご、ごめんなさい、違う、あの、聞かなかったことにして。そ、そう、どこかの国の物語、本の話。ね？　不敬とかそういうあれじゃないから……」

つい、うっかり。

「……そうだね。何の努力もしなくても王になれる。だけど、努力をしなければ、王として認められない。ただの傀儡（かいらい）。飾り物になるだけだ」

「ディラ……？」

急にディラの雰囲気が変わったように見えた。

「まぁ、でも、あれよ。傀儡にも、いい傀儡と悪い傀儡があるじゃない？」

「え？」

「傀儡って、誰かに言われるがままに動く操り人形みたいな意味でしょう？　有能な宰相に言われるままの王の方が、下手に馬鹿なことし始める王よりもむしろいいわよ？　問題があるのは——国民ではなく自分の欲のために動く人間。それは王だけでなく王の周りの人間も。国でなく自分のためにしか動かない人間が悪い。悪いのは操られる王じゃない。悪いのは、周りの人間よ」

ディラが急に黙ってしまった。言いすぎたかな？

「いい傀儡……。立派な王になるには……時には傀儡でもよい……と？」

「国のために動いている人の声を聴けるのは大事なことだもの。王自身が有能であるよりも有能な家臣に恵まれた方がいいわよね。……だから……」

ぐっと言葉を飲み込む。

皇太子のような、美人と結婚したいなんて言い出すような人に、果たして有能な家臣が付くのか。とても心配だ。

「分かった……」

ディラが小さく頷いた。それから、カイのところへ行き正面の椅子に腰かけると、カイに話しかける。

「カイは、もし官吏になれたら、何が、したい？」

「本が読みたい」

即答したカイの言葉に、ディラがふっと微笑んだ。

「そうか」

「官吏になったらお城の図書館の本も読めるってリア姉さんが教えてくれた。ここの何倍も本があるって」

「うん、いっぱいある」

カイが希望に満ちた表情を見せる。

「そうしたら、見つかるかもしれない。川を氾濫させない方法が」

ぎゅっと胸が痛む。

ディラの横に腰かけ、そっと耳打ちする。

「カイの両親は川の氾濫で……」

そうかと、ディラが小さくつぶやく。

「川が氾濫する、場所は、ある程度目星がつく……過去の記録も、ある……村を作る場所……を検討させるのでは、駄目かな？」

カイが首を横に振った。

「川が氾濫する場所は、土地が豊かで、数十年に一度の氾濫が山から肥沃な土を運んでくるとも言われているのは知ってる。作物がよく採れる場所で、畑もいっぱいある。だからむしろ村の場所に適している」

ディラが関心したように声を上げる。

「よく、知ってるね」

「本に書いてあった。きっと、もっとたくさん読めば書いてあると思うんだ。川の氾濫を最小限で食い止める方法が」

ディラがカイの頭をなでた。

「書いてあればいい、けど……書いてなかったらどうする？」

カイがちょっと考えて顔を上げる。

「作物がたくさん採れる土の作り方を探す。山の肥沃な土を運んでくるというのなら、山の土がなぜ肥沃なのか。人の手でも畑を肥沃な土に変えることはできないのか。具体的な方法が書いてなければ、ヒントとなることを参考に実験する」

ディラが驚きが隠せないという顔をする。

「そこまで、考えて……まだ、小さな子供だというのに……」

ディラの驚いている様子を見てちょっとうれしくなる。

これまでカイを孤児のくせに本なんて読んで生意気だとか、お前のような孤児がそんなことを考えたって無駄なのにとか馬鹿にする人はたくさんいたけれど、ディラみたいにカイ自身を見て評価してくれる人はいなかった。

「し、庶民だから、孤児だから、子供だから……せっかくの才能も、今の仕組みでは……きっと活(い)かす場はない……」

ディラが立ち上がった。

「な、なんという、これは、国の損失だ……」

どうしたんだろう。ものすごく憤っているように見える。

「教会に図書館があり、庶民のための学校もあるのは、七代前の王が、広く才能あるものを登用しようとしてのことだったはずなのに……現実はどうだ……いくら才能があろうと試験を受けることすら……」

「あら、ディラは物知りね」

図書館ができた理由まで知っているのには驚きだ。

確かに七代前の王は貴族以外からも才能あるものを登用しようと試みた。その結果は芳しくない。分かりやすい「強さ」を競う騎士への庶民の登用は進んだ。お金がない者も体を鍛えることはできるから、出世を夢見て多くの庶民が採用試験に臨んだからだ。とはいえ、百年以上経つというのに、まだ数は少ないし、上官となれるものは貴族出身者がほとんどだ。

一方、官吏への道は遠い。

お金がなければ学校へ行けない。学校へ行かなければ文字の読み書きができない。文字の読み書きができなければ学べない。試験問題を読むことすらできない。

「いや、カイ君ほどは、僕は、物を知らない」

ディラが自嘲気味に笑った。

「ところで、リアがそれを読むの？」

カイが教えてくれた農業技術の本を開くと、ディラが尋ねる。

「そんな、難しい本を読むの？」

「わ、私がこれを読むのがおかしい……？」

前にディラは女性が数学の話をするのは、甘い菓子の話ばかりよりいいって言ってくれたのに。

後頭部を鈍器で殴られたような衝撃を覚えていると、ディラが突然照れたように頬を染める。

「ううん。ぼ、僕が、読んで、あげようか？」

「え？」

「この間の、読み聞かせ……」

首をかしげると、ディラが慌てて言葉を足す。

「リアは、あの時、絵本、文字を指でなぞりながら、ゆっくり読んでたから、その本を読むのは大変じゃない？」

「ぷっ」

農業技術に関する本。

絵本に比べて分厚くて、文字も小さくて難しい単語もある本を私は手に持っている。

ふふふ。思わず、吹き出してしまった。

「え、えっと……？」

そっか。私が文字を読むのが苦手だと勘違いしたんだ。だから、助けようとしてくれた。

「ディラ、ありがとう。私のことを気遣ってくれて。でも、大丈夫。私、これでも本を読むのは得意なの」

カイが、私たちの会話を聞いていたのか言葉を挟んだ。

「リア姉ちゃんは、文字を指さしながらゆっくり読むことで、皆に文字を教えてくれてるんだよ。僕も時々本を読んであげるんだけど、まねしてる」

ディラがあっと口を開いて、それから私に頭を下げる。

「そうだったのか……」

くりくりの髪の毛の隙間から見える耳が赤くなっている。

「リアは素晴らしいね」

図書館の中は薄暗くてよく見えないけれど。瞳が私にまっすぐ向けられていることだけは分かった。

あ、あれ……。何だろう。うれしい。

素晴らしいと言われ、持ち上げられて、背中がむずむずするのとは違う。

胸が、ことことする。

ことことって……。何、これ？

「それだけじゃないんだよ。ディラさん、これ見て」

カイが、ポケットからよれよれになったハンカチをディラに手渡す。

「これは……」

ディラがハンカチを広げると、全体に文字の刺繍が現れる。

子供が文字を覚える時の歌、アービーシーデーエーエウルー……の順にすべての文字が刺繍されたハンカチだ。左下のところに、小さくサリーと刺繍してある。

「ああ、これはサリーが初めて刺繍をしたハンカチね。ふふ。初めてにしては上出来。初めからサリーには裁縫の才能があったのね」

「サリー？」

ディラが、名前を見つけて首をかしげる。

「ほら、お針子見習いとして皇太子妃候補のドレス作りの手伝いをしているっていう子よ。私が、縫い物を教えたの。それでね、せっかくだから、文字を縫う練習をさせたのよ」

紙もインクも貴重品だ。文字を練習するために気軽に使えるものではない。

だけれど、やはり書く練習をしなければなかなか覚えられない。

だから、刺繍をさせてみた。一文字を縫い上げるのに、何時間もかかる。一つの文字の形、バランスを見ながら何時間も見ていれば、気が付けば文字を覚えている。

糸はペンに比べれば比較的安く手に入るし、布も手のひら程度の端切れであればお願いしておけばもらえるところもある。

「あれ？　このハンカチの布……この青色は、どこかで、見たような……？」

ぎくり。

そう、もらえる布というのは、実はお城だ。騎士の制服は、修復できないような穴があいたり破れたりしたら破棄される。偽の騎士が現れないよう切り刻んで捨てられるのだ。それを、もらっている。

「ああ、そうだ。騎士の制服の色にそっくりだ」

まずい。こっそりごみ捨て場から横流ししてもらってるのがばれちゃう。

……まぁ、破棄された騎士服に使われていた布をもらっているのは私だけじゃないんだけど。騎士は容姿にも優れ家柄もよく人気のある人が多い。つまり、ファンが多くて、女子たちには人気の端切れだ。なんとか様が新しい制服になったなんて時には破棄された布切れはなんとか様が身につけたものかもしれないと取り合いになるらしい……。

「縫い物ができると、サリーのようにお針子として就職もできるでしょう？　だから、練習させてるんだけど、文字を刺繍すれば、文字も覚えられて一石二鳥なの。さらに、その文字が刺繍されたハンカチは持ち歩くこともできて、文字を覚えようとしている子たちにはとても役にたつのよ」

少し早口になってしまうのは仕方がない。話題を逸らしたいのだから。

「僕もこれで文字を覚えたんだ」

カイがにこりと笑う。

「初めは、広げたハンカチを横に置いて本を読み始めたのよね。あれはカイが三歳のころだったかしら。ということは、サリーがこれを縫ったのは、六歳のころね」

カイが広げたままのハンカチに再び視線を向ける。

「これが、六歳……？」

ディラが素直に感心しているようだ。我が子を褒められているようでうれしい。

「そう。八つになるころには縫い物の腕はプロ並みになったし、文字も覚えてしまったの。それでいつまでも練習をしているだけじゃもったいないと思って、刺繍入りのハンカチを売り始めたのよ。そうしたら、お店の人の目に留まってお針子として就職できたのよ。半年前ね。たった半年でお城での仕事の手伝いに駆り出されるんだから、すごいでしょ？」

ついつい自慢げにサリーの話を続けてしまう。ディラはそれもうっとうしがらずに聞いてくれる。

「他の子は？」

ディラがハンカチを丁寧にたたんでカイに返しながら私の顔を見る。

ああ、ちゃんとたたんで返すっていう、なんてことない仕草なんだけれど、いい人だなぁ。

「皆いい子よ。この間本を読んであげた時に集まった子と、その時ここにいたカイと、あと二人。食事の準備の手伝いをしていて出てこなかった年長の子たちがいるわ」

「年長の子、仕事は？　お針子として、働く予定なの？」

ディラの質問に首を横に振る。孤児院の子供たちの将来の心配をしてくれてるなんていい人だなぁ。

あ、またいい人だなぁって思ってるよ、私。

なんで、こんな些細なことで、どんどんディラの株が私の中で上がっていくんだろう。

「お針子として働く予定はないわ。縫い物の腕もサリーほどじゃないにしろあるんだけれど、決定的な欠点が一つあるの」

私の言葉に、カイがぷっと小さく笑っている。

「け、欠点？」

ディラが眉を寄せる。

「そう。実は二人とも男の子なの。お針子は女の仕事でしょう？」

女性差別というわけではない。体に触れたりする仕事だから女性の仕事というわけだ。

「お、男の子も、裁縫を？」

ディラがぎょっとする。

「あくまでも目的は文字を覚えることだから、えっと……内緒ね」

貴族も庶民も裁縫は女がするもの、女の手習いというイメージが強い。

学校でも、女と男に分かれてする授業があって。女は裁縫。男は乗馬である。男が縫い物をするなんて、女みたいだとか馬鹿にされる対象。まったく世の中には、女のくせにとか、男のくせにということが多くて時々嫌になる。

「まぁ、おかげで文字は皆ちゃんと覚えてるし、それなりに計算もできるから、商店で募集がかかったら教えてほしいと神父様が声をかけてくれているの。就職先は問題なく決まると思うわ」

孤児なんて雇えるかと言う者もいるけれど、文字の読み書きと計算ができる人材は貴重だからね。

ディラがガタンと椅子の音を立てて立ち上がった。

「どうしたの？」

「文字が読めて計算ができて、そのうえ裁縫もできる？」

あら？　ディラの言葉がいつもよりすらすらと出ている。こういう話し方もできるんだ。

「ええ、そうよ。カイほど難しい文章は読めないけれど、日常で使う言葉なら問題ないわ。計算は、私よりも早くて正確ね」

「私より？」

ああ、基準が私じゃ説明になっているようでなってないか。

「あ、あの、あの子たち、暇があれば計算ゲームをして遊んでいるみたいだから……ね？　カイ」

カイに声をかけるとすぐに頷いて、棚から一つの本を持ってきた。計算練習用の本だ。たくさんの問題と巻末には答えが書いてある本。学校では教師が口頭で問題を読み上げ、紙に書き写してから問題に取りかかったりする。ここでは紙が使えないから、問題を見ながらメモも取らずに暗算するしかない。

「ちょっと、借りるよ、リア、その子たちは孤児院に今いるかな？」

ディアが、本を手に取ると一目散に図書館の扉に向かった。

「ディラ？」

様子が変。いつもの……と言っても、まだ会うのは二回目だけれど、私の知っているディラと様子が違う。

慌ててディラの後を追う。孤児院の扉へ向かうのかと思ったら、ディラは教会の入り口の扉を開いた。

「ネウス、ちょっと来てくれ」

ディラが教会の入り口に立っていた警備兵に声をかけた。

彼はディラに言われると素直にディラの後についていく。明らかにディラとネウスと呼ばれた見目の良い警備兵には上下関係が成り立っているように見える。ディラの護衛だったりして。

今度こそディラは孤児院の中庭へと続く扉を開いた。

元気に遊んでいた子供たちが、開いた扉に注目する。

「あー、リアお姉ちゃんだ、いらっしゃい」

「この間のお兄ちゃんもいる」

「ねーねー、その人はだあれ？」

口々に声を上げながら子供たちが寄ってきた。

「こ、このお兄さんが、計算ゲームを、してくれるって。自信がある人は、挑戦しないかい？」

ディラがいつの間にかいつもの口調に戻っている。

背中を押されたネウスさんが唖然として「え？　け、計算ゲームってどういうことですか？」と驚いた顔を見せる。

「はい！　俺、計算なら得意だ！」

「おいらもやるよ！」

と、ちょうど年長の二人が手を挙げた。

「ちょっと待ってて、材料取ってくる」

「材料？　紙とペンなら、私が持ってますよ」

ネウスさんが懐から携帯用の紙とペンとインク壺を取り出した。

「準備できたよ！」

二人は、短めの竹串と長めの竹串を何本か持ってきた。机がないと計算がしにくいということで、図書館に場所を移しての勝負ということになった。

ディラが、問題集の後ろのページを開く。四桁の数字が十ほど縦に並んだ問題だ。時々数字の左側に※印が付いている。引き算をしなさいという印だ。

「できそう？」

と、ディラは子供たちに声をかける。

「もちろんさ」

「じゃあ、この計算。終わったら手を挙げて。用意スタート」

ディラの合図とともに、年長の二人の子供とネウスさんの三人が計算を始める。

ネウスさんは普通に本を見て問題を書き写してから計算を始める。

普通の人はペンと紙以外の道具を使わずに暗算で計算をしていく。紙の端に少しメモを取ることはあるがそれくらいだ。しかし孤児院の二人は、本を見ながら、竹串の短いものをメモ代わりに左手で数字に合わせて上下に動かしながら計算を進めていく。メモをする紙もペンも持たないから、竹串をメモ代わりにしているのだ。

さすがに毎日毎日計算で遊んでいるだけのことはある。竹串を動かす手元は見ないでも大丈夫のようで、視線は本の数字から目を離さない。長い竹串は右手で操る。何らかのルールがあるみたいなんだけれど、今度やり方を聞いてみようかな。

……待てよ？

この、竹串計算方法が広まったら、竹串が売れるようになるんじゃない？

竹産業が盛んな男爵領としてはありがたい話……ではないよねぇ。竹串なんて、計算用としてでなく普通に入手できる。なんなら木の棒だって石ころだって代用しようと思えばできそうだ。

……ってことは、代用できない形。計算用竹串を発展させた、何かこう、計算に便利な道具を作ることができたら……。

子供たちの手元を見る。竹串は時折ころりと転がり位置を変える。

これが、移動させた場所で固定されるようになれば便利じゃないだろうか。風に吹かれても机の上でなくても使えるような形……。加工には多少技術が必要な品にした方がいいわよね。

産業にするなら……技能のある者でなければ作れない方がいい。

計算が早く正確にできるようになるという品ができれば……。そして、それを使って計算することが当たり前になれば、なくなれば困る。手に入らなくなれば困る。作れる人間は大切にされる……。

おお！　技能を身につけた領民は救われる作戦に、いいんじゃない？

あれ？　でも待てよ。計算が早く正確にできることは技能だ。お父様のように計算の腕を買われてお城勤めをしている人たちは逆に仕事を失う……？　ああでも、お父様も小さいとはいえ男爵領の領地運営もこなしているから、それを生かして単純に計算だけしているわけではないし、大丈夫かしら……。

「はい、計算終わった！」

「おいらも！」

と、考えている間に、子供たちが計算を終え手を挙げた。

「早いな……ネウスはまだ途中か、答えは？」

ディラの言葉に、二人が同じ数字を口にする。答えのページを確認すれば見事正解。

「次は、問題を書き写したもので勝負を……！」

子供に負けたのが悔しかったのか、ネウスさんが再戦を申し出た。

ネウスさん一人だけ問題を書き写していたから、その時間がロスだったもんね。

「そうだな、書き写した問題を、用意しよう」

と、ディラが問題を書き写して三人に手渡した。

今度は三桁四桁五桁の数字が二十ほど並んだ難問だ。

「では、スタート」

私もディラも、勝負の邪魔にならないように黙って三人を見ている。

ディラは子供たちの手が器用に竹串を操っているのを興味深く見ているようだ。

うん。計算の道具ができれば、きっとこうして興味を持ってもらえるよね？

「はい！　おいら終わった！」

「くそ、今度は少し遅かったか、終わった！」

子供二人が声を先に上げ、ネウスさんが少し間を開けて口を開いた。

「ああ、また負けた。だが、ほんの少しの差でした。次は負けません」

子供二人とネウスさんは、ディラに言われるでもなく、自分で問題を書き写して子供たちと何度か勝負を繰り返していた。答えはみんな正解。

「すごい計算能力ですね、ネウスさん」

それを見て、思わず言葉が漏れた。

「いや、すごいのは、子供たちだろう……」

子供たちは道具を使っているけど、ネウスさんは暗算でそのスピードはすごいよ。

問題集の難問がなくなったところで勝負は終わった。

ガンガンスピードを上げていく計算勝負に、手に汗を握りながら私もディラも誰が勝利するか見守っていた。結果は最後までいい勝負。

「すごいね、君たち」

ネウスさんが初めに私に見せていた仏頂面とは全く違う笑顔で、子供たちに話しかけた。

うわ、イケメン。もともと顔がいいなぁとは思っていたよ。だけれど、笑うとより素敵に見える。

けれど、どうにもチャラ皇太子を思い出してしまって顔がいい人に良い気持ちが湧かない。そこで、ディラの顔を見る。

くりくりの髪に、濃いめの肌にはそばかす。髪の毛の隙間からは眉尻が垂れた弱そうな印象の眉が見える。目元も髪の毛の間から少しだけ見え……あら、よく見ればかなりいい顔をしてるような……？

「ネウス、彼らに、剣の基本的な動きとマナーを教えてやってくれないか」

突然のディラの言葉に、ネウスさんが大きく口を開いた。

「は？　ラン……あ、ディラは何を突然、どうして、私が彼らに剣とマナーを？」

ディラがネウスさんに笑いかける。

「彼らの、すごいところは計算が早いだけではない。読み書きができる上に」

ディラがもったいぶって言葉を区切る。

「裁縫も得意なんだ」

それを聞いてネウスさんの目の色が変わった。

「それは、本当ですか？　男の子なのに、裁縫が得意というのは？　それは、なんと……」

あまりのネウスさんの興奮した様子に、子供たちが後ずさる。

「素晴らしい！　分かりました。剣の基本的な動きとマナー、それさえ学べば試験を通るでしょう」

は？　試験？　何の？

「泣いて喜びますよ。ええ、皆が泣いて喜ぶでしょう」

皆って誰？　泣いてまで喜ぶってどういうこと？　首をかしげる。

ディラが少々おびえた様子の子供たちに笑いかける。

「嫌だったら、言ってほしい。兵の採用試験を受けて、兵にならないか？」

兵？

「ちょっと待って。この子たちを兵にするの？　戦わせるってこと？」

ネウスさんがディラの代わりに動揺する私に説明を続けてくれた。

「兵といっても一般兵とは違って、支援部隊、つまり隊の雑用係という立場になると思います。なんせ、兵たちは体力や筋肉自慢は多いですが、いかんせん、こっちの方が……」

ネウスさんが頭を指さしてこっちと言った。

「頭が悪いわけではなくても、椅子に座っていられない性分のものが多くて。書類はたまる、計算は間違いだらけ。訓練なんかであいた服の穴があきっぱなし……。縫い物を頼んだ女性は兵舎の汗臭い男たちに恐怖して二日でいなくなる始末で。それから問題なのは、洗濯物なんです」

ネウスさんは遠い目で話を続ける。

「兵たちの洗濯物は城でしてもらえるんですが、持ち主が分かるように名前を刺繍する決まりになっていて……」

名前の刺繍なんて、ハードル高いですね……。

「制服はいいんですよ。支給される時にすでに刺繍されてきますから。問題は、中に着るシャツ……いえ、シャツまでは誰かにお願いすることができるんですが……その、それ以外の、他人と共有したくないものに限って……」

ああ、下着とか、靴下とか。女性に刺繍は頼みにくい上に、他の人と共有はしたくないですよね。

「書類仕事と計算と縫い物……雑用とはいえ、出世すれば隊長補佐や副官補佐といった役職もあり」

出世……孤児でも確かに兵なら出世することも可能だろう。雑用係から出世というところはピンとこないけど。

ネウスさんの言葉に、ディラが続けた。

「将来的には、騎士の従者として取り立てられることもある」

「「え？」」

ディラの言葉に驚いて声を上げたのは、私とネウスさんだ。

騎士は兵とは全く違う。試験を受ければ入隊できるというものではなく、貴族か一定以上の税金を納めている家の者という受験資格が課せられる。

そう。庶民からも騎士になる道は確かに作られてはいるけれど、すべての庶民に道が開かれているわけではない。貴族の場合は王立学園の騎士科で二年学べば試験はなし。庶民はお金を支払い試験を受け、合格した者も騎士見習いから何度か昇格試験を受けて騎士になる。

騎士は兵より上の特別な地位だ。

従者も、それなりの家の者だ。騎士隊長などの従者ともなれば、現役を退いた元騎士や、隊長にあこがれる騎士など、家柄も実力も伴ったものが務めることが多い。

「でん……ディラ、さすがに騎士の従者というのは……」

ネウスさんは護衛兵のようなので当然知っている話だろう。

夢を見させるにしても、実現不可能な話をしているディラの話を訂正しようと口を開く。

孤児は騎士の従者になれるわけがない。国の仕組みが変わらない限り。

「ネウス、欲しいだろ？」

ディラが子供たちを見てからネウスさんに尋ねた。

「……ええ」

ネウスさんの返事を聞いて、ディラが小さく頷いてみせた。それを見たネウスさんがふっと口元を緩めて笑う。

欲しいって、何？　二人の中で何か意思の疎通がなされたみたいだ。それが何か私には分からない。

ネウスさんは、子供に視線を合わせて真剣な目で尋ねる。

「兵になるつもりはあるかい？　なら、剣とマナーを教えるけれど」

ネウスさんが二人を見る。

「兵になったら、お金がもらえる？」

いきなりお金の話になって、ネウスさんがちょっとびっくりしている。

「サリー姉ちゃんみたいに、皆にお土産(みやげ)を買ってこられるようになる？」

ディラが笑った。

「あはは、そうだな。そうだ。もらえるように、なるよ」

「じゃあ、兵になる。なりたい！」

「おいらも！」

え？　本当に兵を目指すの？　二人のうれしそうな顔を見て複雑な気持ちになる。

私が教えられることが役に立ったのはうれしい。男の子なのに裁縫をさせていたことも、まさか役に立つことがあるとは思わなかった。文字と計算が役に立つとは思っていたけれど。

……そして、私が教えられることに限界も感じた。剣術は教えられない。それから乗馬も。男性側が必要とするマナーも。

「ありがとう……ディラ」

だからディラに感謝しなくちゃ。

「ん？　何が？」

「あの子たちに将来の夢を与えてくれて」

ディラがそっと私の肩を叩(たた)いた。

「違う。僕じゃない。リア……君だよ」

「ディラ……でも、私……」

ああ、私はディラに何を言おうと思ったのだろう。

ただ、自分が情けないという気持ちと、ディラが私を認めてくれたうれしさと、心の中がぐちゃぐちゃだ。

「あの子たちが笑顔なのは……リアが、今までしてきたことだよ」

ディラがしっかりとした声で私に言い聞かせるように言葉を発した。

ああ、私の容姿でも学力でもなく……私のしてきたことを認めてくれた。泣きそうだ。

その時、鐘の音が聞こえ始めた。三の鐘の音だ。

「おっと、時間がない。ネウス、帰ろう」

ディラが慌ててネウスさんを呼んだ。ああ、やっぱりネウスさんはディラの護衛なのかと、ぼんやりと考える。護衛の必要なディラって、本当はどんな人なんだろう。

……貴族かなぁ。できれば、子爵くらいまでの地位の、できれば、次男か三男だといいな。それなら……。

「また、来るよ。またね、リア」

ディラが振り返って小さく手を振った。

「また……」

手を振り返す。

また、会える。

……ああ、そうだ。それだけで、すごくうれしい。

そっか、私。

好きかも。

好きなんだ。

だから……。ディラが伯爵家や公爵家なんて立派な貴族の嫡男じゃなきゃいいって思ってしまった。

ディラの後ろからついて部屋を出ていくネウスさんの背中を見る。

そして、図書館の入り口に立つ護衛兵の姿と見比べる。

……違う。兵でも、格が違う。まとっている空気が凛（りん）としてる。

容姿にも恵まれているし、身のこなしから剣術の腕も確かなように思える……。

それこそ、騎士だと言われても疑わないような立派な兵だ。そんな彼を護衛として雇えるなんて。

ぎゅっと、胸の奥が痛んだ。

伯爵家や公爵家の人だったら……。ちっちゃな領地の貧乏男爵令嬢はそばにいられる立場にない。

……でも、名乗らなかったでしょう？

ディラは家名を名乗らなかった。私も家名を名乗っていない。

だから、ここで会う時は、ただのディラとリアでいいよね。

不敬だとか、立場をわきまえろとか、そんなこと……言わないよね？

好きでいることくらい、誰にも責められないよね……。

時々顔を合わせて、話をするくらい。「ディラ」と「リア」なら、許されるよね。

もし……。ディラが家名を口にして……もし、とても私が声をかけられるような立場の人じゃないって知ってしまうまでは。

気軽に声をかけられないと分かった時には、ディラに一つだけお願いしよう。

――どうぞ、カイを雇ってくださいと。

カイの仕事先が見つからなければ男爵家で雇おうかと思っていた。だけれど、カイのように優秀な子がちっぽけな男爵家で能力を無駄にさせるのはもったいない。ディラなら孤児院出身だったからと、カイの扱いを粗雑にすることはしないはずだから、そうお願いしよう。


ディラたちが帰ってから、心がさざ波打って、本を開いてもろくに内容が頭に入ってこなかった。

農業技術に関する本を、開いてみたものの、よく考えると農地が少ない男爵領ではあまり役に立たないのでは？　と、途中で気が付く。

席を立って、本をもとに戻す時に、何かが机の上からポロリと落ちた。

「あら、これは……」

計算に使っていた竹串だ。

「そうよ、計算に必要な便利な道具を作る技術を身につけた技能者を育てよう案があったんだわ」

さっそく子供たちに竹串を使った計算方法を聞きに行く。

聞けばなんとも単純な話だった。それぞれの位に小さな竹串五本と長い竹串一本を置いて、三二四六なら、三本、二本、四本、長いもの一本と短いもの一本を置く。そこに、二二三四足す場合は、下の桁から、四本を足す、三本を足す……と、しているようだ。短いものが五つになったら長いものと交換。また、長いものと短いもの全部を使えば、上の位を一つ足す……といった具合だ。

それを、慣れてしまえばすごいスピードで行えるっていうわけね。

なるほど。……とすると、桁が混ざらないように分かれていた方がいいのね。短いものと長いものという区別もあったほうがいい。それから、桁ももっと増える場合を考えて、十は欲しいところ。

上下に動かせるようにして、混ざらないようにして、それから、動かしやすいようにする。

あまり大きくても手を動かす距離が長くなると、疲れるしタイムロスになるわよね。

んー、どんな形がいいのか。うーん。

「何を考えているんですか？」

帰りの馬車に乗り込んで黙って考え込んでいると、マールが声をかけてきた。

「ああ、これなんだけど」

ポケットに入れていた竹串を取り出して、孤児院の子たちが計算に使っていた話をする。

「計算をするための道具を作るんですか……」

「そう！　売れると思わない？　それに、計算が正確に早くできるなんて、とても重宝がられると思うの！　ってことは、その便利なものを作れる技術を持っているうちの領民たちは、大切にされると思わない？」

マールが竹串を持って考えている。

「ミリアージュ様、確かにそんな道具があれば売れると思いますけれど、誰にいくらで売るんですか？」

誰に？　いくらで？

「重宝がられるほど他の人がまねできない技術を使ったものであれば、どうしても値段は高価になりますよね。ということは、お金持ちに売るんでしょうか。そうすると売れる数は限られますし、一度購入してしまえばなくなったりしません。食品や薪とちがって、消耗品でないかぎり数は出ないでしょう。値段を下げて商人にも売ったとしても、そのうち売れなくなるのは目に見えています。それに、高くなれば、安い似た品を誰かが作って売るようになるんじゃないでしょうか。元はこの竹串でできたんですよね。竹串で十分なものをお金を出して買いますかね？」

……うっ。矢継ぎ早に指摘されるマールの言葉にぐうの音も出ない。

そんなにうまく特産品ができるわけないか。そうだよね。はぁ～。難しい。

「それに……あの子たちはどうするんですか」

「あの子たち？」

「孤児院の子供に計算を教えているのは、計算ができれば仕事を得ることができるようになると思っているんですよね？　計算が簡単にできるようになってしまったら、計算ができることが有利に働かなくなるのではないですか？」

マールが心配そうな顔をする。そうか。マールも……あの子たちのこと考えてくれているんだ。

「大丈夫よ。あの子たちの武器は計算だけじゃないのよ。文字も書けるし、裁縫もできる。ふふふ」

指を三本立てて見せる。計算、文字、裁縫。

「まぁ、確かにそれでサリーちゃんなんかは就職が決まったんですよね。……でも、男の子が裁縫の腕を磨いても……」

　ちょっと困った顔を見せるマールに、びしぃっと指を突き付ける。マールが何ですかとびっくり顔をしている。

「なんと、計算ができて読み書きもできて、さらに裁縫ができる男の子を求めている職場っていうのが、世の中にはあってね！」

「え？　そうなんですか？」

「そう！　それも国に仕える兵よ！　兵！　前線に出る兵じゃなくて、雑用係の兵が必要なんですって！　兵たちの持ち物に名前を刺繍したりできるとありがたいって。文字の読み書きと裁縫できる男の子は素晴らしいって、ディラが教えてくれたの。それで、兵になる試験をぜひ受けたらどうかって。護衛のネウスさんに剣の基本とマナーを教えてあげるように頼んでくれたのよ！」

　マールが首をかしげる。

「ディラ？　護衛のネウスさん？　……誰、ですか？」

「えーっと、ディラはディラよ……」

　正体は私も知らないのだから、説明もできずに口ごもる。

　ううん違う。ディラを好きになってしまったことをマールに知られたくなくて、とっさに言葉が出てこなかったんだ。

「護衛をわざわざつけて孤児院に現れるのですか？」

　マールは私の様子に違和感を感じるよりも、護衛のネウスさんという言葉が気になったようだ。そうよね。護衛付きなんて男爵家のうちよりも確実にお金持ちなわけだし。

「……もしかして……」

続いたマールの予想外の言葉に、思わず数秒間思考が停止した。

「皇太子妃候補となったミリアージュ様の素行調査？」

皇太子妃候補の私の、素行調査？　でも、孤児院へ行っているのはリアで……。

「ま、まさか……。リアの正体がミリアージュだって、ばれてるってこと？」

ディラは、私が男爵家の令嬢だって知ってるってこと？

「あれ？　でも……皇太子妃候補ともなれば、王家の影と呼ばれる人たちが調査するんじゃ？　……もしかして、ディラとネウスさんは影？」

影ならば、貴族ではない。家名を名乗らなかったのではなく、家名がなかったというだけで……。

あ、でも、わざわざ護衛役と二人で行動する必要はないわよね？

「皇太子妃候補の調査とは違うと思うわ。調査を行うのは影と呼ばれる人なんだもの。陰から調査できるはずだし。リアである私に接触する必要もないんじゃないかしら？　そ、それに、候補は十名もいるのよ。調査するにしても、もう少し人を絞ってからするんじゃない？　……だから、ディラもネウスさんも調査員じゃないと思う」

調査されるのは構わない。

だけれど……。ディラが調査のために自分を偽って演技をしているとは信じたくない。

あれが……偽りだと思いたくない。だから、ディラとネウスさんは調査員じゃないと。自分に言い聞かせるように言葉を並べていく。

「もしかしてもう絞られている可能性もありますよ。ミリアージュ様がその対象かもしれませんし」

マールはそんな私の気持ちを知らずに、容赦がない。

「はぁ？　そんなことあるわけないじゃないっ！　そもそも、私はアレと結婚なんてしたくないわ！」

思わず叫んでしまい、いくら馬車の中でも不敬すぎるかとも思ったけれど、アレと伏せたからセーフだよね、セーフってことにしておこう。

「……知っていますけれど。確率は十分の一ですからミリアージュ様が結婚したいしたくないは関係なく、もし選ばれたらということも考えないといけないかと……」

きゅ、急にマールはなんてこと言い出すの。

ああ、でも、確かにそうだ。ディラは調査員じゃないと思うけれど、そう信じているけれど……。

調査員が付けられるかもしれない立場だということは間違いない。

皇太子妃に選ばれる可能性はゼロというわけではない。

「それに……ミリアージュ様。皇太子妃に選ばれる確率を上げる方法があることに、私、気が付いてしまったんです」

「え？　皇太子妃に選ばれる確率なんて上げたくないわよ！」

マールが真剣な顔で首を横に振った。

「ミリアージュ様がじゃないです。他の……皇太子妃になりたい人が、自分が選ばれる確率を上げる方法……ミリアージュ様にも関係する方法が、あるんです」

え？

「魅力をアピールするとか、根回しするとかじゃなく？　私に、関係す……」

そこまで口にして、マールが何を言いたいのか気が付いた。

「候補者が、減ればいいってこと……ね」

辞退はできない。

王家に逆らうことはできないから。候補者自身から辞退できないのに、候補者を減らすなんて……。

「命を狙われる」

ぼそりと一つの可能性を口にする。

そこまでするだろうか。いや、するかもしれない。

……そして、もし命を狙われたとしても犯人は見つからないように口封じもできる立場にある者もいる。……お金と裏の組織とのつながりと周りを黙らせるだけの地位と……。

公爵家という立場なら、男爵令嬢を闇に葬ることとくらい容易ではないだろうか。

やけに自分が選ばれることに自信満々だったエカテリーゼ様を思い出す。あれはもう、自分が選ばれることに全く疑いがない様子で、何もライバルを減らす必要もないといった感じよね？

「いえ、さすがに皇太子妃候補殺害までは至らないとは思いますが……皇太子妃としてふさわしくない状態に、……襲われる可能性はあるかもしれません」

マールがちょっと青ざめた様子で言葉を濁した。殺すまでもないが、皇太子妃候補から外すような状態……。清い体でなくなるとか、美しさを損なうために体や傷に醜い傷を負わされるとか……。

「〝ない〟とも言えないわね……」

さすがに殺人は行きすぎだろう。だけれど、誰かに襲わせるくらいならないとは言い切れない。男爵家の私が襲われたとしても、たいして調査も行われないだろう。それくらいの力は伯爵家以上ならどこも持っているだろうな。

ふぅと、小さくため息をつく。痛い思いをするのはさすがに嫌だ。

それに、私一人の時に襲われるとは限らない。武器を持った人間が孤児院にでも現れたら子供たちも危険にさらしちゃうことになる。

「しばらく、必要以上に王都には出かけない方がよさそうね」

護衛を連れてまで王都に足を運ぶつもりはない。

そもそも男爵家には護衛らしい護衛はいない。屋敷には何人か警備兵はいるけれど。

今までは、吹けば飛ぶような男爵家の人間をわざわざ襲うメリットなどないのだから、王都の学校に通うのも買い物に行くのも孤児院へ顔を出すのも護衛なんて必要なかった。

領地にこもっていれば、領民はみな顔が分かる人間ばかりだ。外部の怪しい人間が入り込めばすぐに分かる。襲われる危険はないだろう。ちょうど学校も休みだ。いや……休みが明けても学校はしばらく休学して通わない方がいいかもしれない。

それに……孤児院には……。

「また来るよ、またね、リア」

と、笑って手を振っていたディアの姿が思い浮かぶ。私も。またねと、そう答えた。

会いたい。

けれど、これでよかったのかもしれない……。これ以上好きになっても……彼とは身分が違ってどうにもならないのなら、もう、会わない方がよいのかも。

「そうですね。学校もしばらく休みですし。何か王都に用があれば私がお使いに行きますから」

「ありがとう……マール……」

誰かを好きになっても、好きな人と幸せになれるわけじゃない。

どうせ、好きな人と結ばれないなら誰でも同じ。たとえ皇太子の婚約者になっても……。

『かわいい子猫ちゃんたち』

突然チャラ皇太子の顔が浮かんだ。うううーっ。背筋がぞっとする。ダメだ。あれはダメなやつだ。

そして、国が沈む亡びる。亡国の妃など、待遇は決まってる。一緒に破滅だ。もしくは、死刑は免れるかもしれないけど、誰かの慰めものコースしかないと思う。

そんな末路しかない皇太子妃なんて絶対避けないと。

でもって、男爵領が助かる道も考えないと。

計算する道具は結局広まるまでは一時的に売り上げが上がって領の収入になるかもしれない。

けれど、マールの話を聞いて、いったん需要が落ち着けばそれほど継続的に売れ続ける品ではないと分かった。まぁ、一時的にでも収入が増えればそれを元手にいろいろなことができるのでやってみる価値はありそうだけれど。それを元手として何か作り出せるかもしれないし。

十年の間に、何か継続的な収益につながり領民の技術にもなって、皆が助かるものを考えないと。

◆第五章　竹の活用方法と、処分方法

「た、た、たいへんです、ミリアージュ様、ドレスが届けられます」

三日後。竹の棒をああでもないこうでもないと机の上でいじくっているとマールが慌てて部屋に飛び込んできた。

「ドレス？」

注文した覚えなんてないけれど。首をかしげて、ハッと口を押さえる。

「皇太子殿下からのプレゼントのドレス？　まさか、もう？　あれから四日しか経ってないけれど直しが終わったって言うの？」

サリーたち頑張ってくれたんだ。

うんうん。と、感動する傍ら、マールが大慌てで部屋の中をあっちこっち動き回っている。

「お支度をしないとっ」

「支度？」

「サイズ直しに不具合がないか、お針子さんが来ています」

鏡に映る姿を見て再び口を押さえる。

化粧してないと、お城に出入りしているミリアージュに見えない。いや、見えないこともないけれど、孤児院に出入りしているリアを知っているサリーが来るのであれば、ノーメイクは危険だ。

「マール、待ってもらって。急いで準備を……」

バタバタと着替えて化粧して髪の毛を整えて。

「お待たせして申し訳なかったわね」

部屋に、サリーたちを通した。

採寸の時にいたお針子さん二人とお針子見習いのサリーの三人が荷物を手に部屋に入ってきた。

「事前の連絡もせずに申し訳ございませんでした。お嬢様がお帰りになるまで何時間でもお待ちするつもりでした」

そう言えばそうだ。普通は手紙なり人づてなりで、いついつにお邪魔してもいいかと尋ねてから来るもの。それがないから大慌てで準備する羽目になったんだ。

「なぜ、そんなに慌てる必要が？　何かトラブルでも？」

試着して、問題ないか確認しながら会話を進める。

「いいえ。逆です。サリーが頑張ってくれて、あっという間にサイズ直しが終わりました」

女性の言葉にうれしくなってサリーを見る。

頑張ってくれたんだ。ありがとう。

「それで、他(ほか)の候補者に負けないドレスに仕上げたいと、サリーが胸元へ刺繍(ししゅう)を施したいと申しまして」

と言って、女性が一枚の紙を取り出した。

そこにはドレスの絵が描かれている。私がサイズ直しの確認のため身につけている草色のシンプルなデザインのドレスとは違い、胸元に白く美しい花の絵が施されている。

他のご令嬢の選んだドレスは、華やかなピンクや黄色、または肌を美しくより白く見せる濃紺や、鮮やかな赤といった若い女性が好みそうなものが多かった。

高位貴族の機嫌を損ねないよう、それぞれが空気を読みドレスを選んでいった結果、最後まで残ったのが、今私が試着しているドレスだ。

草色は、少しぼやけたくすんだ緑だ。若い娘が着るには落ち着きすぎた色。デザインもシンプルすぎて若さが感じられず、最後に残ったのはよく分かる。なぜこんなドレスを十着のうちの一つにしたのかも謎なくらいだ。でも、私は正直ドレスなんてどれだっていいし、そもそもいらないと思っていたから全く不満なんてない。それどころか、立派に成長した竹の色みたいで、気に入っている。普段着ている地味な灰色の服とそう遠くないのも落ち着く理由かもしれない。年を重ねてからも着られそうだからラッキーとかはさすがに思ってないよ？　いや、ちょっと思ったかな。

デザイン画はずいぶんと印象が違う。地味に見えた草色も、白い花を引き立てるにはとても素晴らしい色に感じる。

「許可をいただければすぐに取りかかりたいと……」

なるほど。これだけの刺繍を施すには時間が必要だものね。次の登城まで三週間しかない。

三週間で完成するのかしら？

デザイン画を見ながらうーんと考え込んでいると、お針子の女性が口を開いた。

「あの、腕を心配しているのなら大丈夫です。サリーは幼いですが、刺繍の腕前も素晴らしいのです」

サリーが私の顔をじっと見ている。

私が初めて刺繍を教えた時から変わらない。くりくりの目は真剣で、そして楽しそうにキラキラしている。刺繍が本当に好きなんだよね。

「サリーが優秀なのは知っているわ」

と、しまった。なぜ知っているのかと思われるよね。

「あ、あの、ほら、リアに教えてもらったから……」

慌てて言葉を添える。

「ミリアージュ様は、リア姉さんと知り合いなんですよね……リア姉さんは」

「これ、サリー」

突然口を開いたサリーをお針子の女性が制する。下っ端貴族といえ、貴族は貴族だ。許しを得ずに勝手な発言を許される立場にはないと、お針子の女性が気を回したのだろう。

まぁ、私は平気なんだけど。それにサリーと話もしたいからうれしいけれど。でも、もし、この調子で他の気難しい貴族の元へ行って処罰されては大変だ。

「構わないわ。発言を許します。サリー、リアのことが聞きたいの？」

「ありがとうございます。あの、リア姉さんは、次はいつ孤児院に来るのか知っていますか？」

想像していなかった質問だった。

「なぜ、知りたいの？」

もしかして、サリーはリアに会いたいのかな？　だったらうれしい。そうよね。サリーに会えて私はうれしいんだもん。

でも、サリーからすれば、ミリアージュに会ってるだけで、リアには会えてないんだから。

「昨日、孤児院に行ったらディラさんという人が来ていて、リア姉さんに会いに来ていたみたいなんですけど」

ディ、ディラが、私に、会いに？

胸が高鳴る。うれしい。私に会いに……。ああ、泣きたくなるくらいうれしい。

ディラが私と同じような気持ちでいるなんて思ってない。だけど、会いに来てくれたってそれだけでこんなにもうれしい。

「会えなくて残念がっていて、次はいつ来るかと皆に尋ねていたので……」

ディラ……。私は、しばらく王都には行くつもりはない。皇太子妃選考会が終わるまで。万が一皆を危険な目に遭わせせないために。

学校にもしばらく休学すると連絡をした。

でも、最後に。

「明日、行くと思うわ……」

たとえ明日行ったとしても会えるとは限らない。会ったとしても何かが変わるというわけではない。

ただ、うん。伝えに行くだけ。しばらく顔は出せなくなると。

そう、孤児院の子たちに、神父様に伝えに行こう。そうすれば、ディラも私のことを尋ねることはなくなるだろう。

「本当ですか？　じゃあ王都に戻ったら伝えておきます！」

サリーがうれしそうに声を上げた。教会に伝えに行くってことだよね。

サリーたちはサイズ直しの確認を終え、最終的なデザインの打ち合わせを済ませるとすぐに帰って
いった。あれだけ立派な刺繍を施すにはぎりぎりの時間しかないはずだと分かっているので、引き留
めてお茶でもというのも遠慮した。

いいえ、違う。引き留めなかった理由はそうじゃない。

私が辛かったんだ。もう、笑顔を作るのが辛くて。

「ミリアージュ様どうなさったのですか？　ご気分でも悪いのですか？」

マールが私が涙を落としたのを見て大慌てで飛んできた。

「ううん、違う、違う、会えないんだと思ったら……」

「ああ、そうですね。サリーを見て孤児院の子たちを思い出したのですね……」

マールが勘違いしている。皆に会えないのも寂しいけれど。また会えるからそれは平気。

そうじゃない。辛いのは……。

「ねぇ、マール、明日、孤児院に行くわ」

「え？　危険ですよ」

「明日だけ。しばらく行けないと……それだけ言いたいの」

マールがちょっと考えてからしぶしぶ頷いた。

「確かに、突然長い間行かなくなれば心配をかけてしまいますね……。明日は、念のため護衛を連れていきましょう。護衛と言っても、兄さんですけど」

マールが笑う。

マールの兄のヤードは、普段は木こりをしている。腕っぷしは強く体格もいい。

確かにちょっとしたチンピラくらいなら問題なく追い払ってくれるだろう。チンピラくらいなら……。本当に私を排除しようとしてプロが雇われていたとしたらヤードでは相手にならないと思う。

でも、さすがに街中で武器を振りかざして堂々と襲ってくるとも思えないから十分だよね。

「では、さっそく兄さんにお願いしてきますね」

と、マールが部屋を出ていくのをぼんやりと見る。

ディラが私に会いに孤児院に来てくれた。そう聞いただけでこんなにうれしいって思う自分がいる。

だから、悲しい。

いつの間に、私、こんなにディラのこと好きになってたんだろう。

好きになったって……。その先の未来に希望なんてないのに。

立派な護衛のいる貴族の息子と木こりを護衛にするしかない男爵令嬢の娘なんて、身分違いも甚だしい。

ぎゅっとこぶしを握りしめて、乱暴に目元をぬぐう。

手の甲に目元を縁取っていた化粧がついて黒くなる。

身分が違えばあきらめるしかない……。そんなの貴族では当たり前なのに。

チャラ皇太子は知らないの？

一国の皇太子と男爵令嬢が結婚することは、どれだけありえないことなのかって気が付いてもらえないかな。王子ともなればわがままを押し切ってわがままを通せるとでも？　……でも、後ろ盾のない男爵令嬢なんて、たとえ王子のわがままが通って妃になったとしても、苦労しかないと思うんだよね。

「僕の子猫ちゃんたち～」って言う王子の顔を思い浮かべる。やたらとキラキラきらめいて、優しそうに微笑むイケメン。……苦労って言葉が抜けてそうな顔だ。

うー。あと十年ほどでなんとか男爵領がつぶれずに済むように、他国に侵略されても男爵領は……男爵の領地として残らなくても構わないけれど、領民たちが犠牲になるようなことがないようにしないと。

マールが部屋に戻ってきた。

「マール、行くわよ！」

「え？　どこにですか？　今、兄さんのところに行って戻ってきたばかりですし、ちょっと休憩しません？　ミリアージュ様もその格好のまま行けないでしょう？　って、何ですか、その顔っ！」

マールが私の顔を見て絶叫した。

鏡で顔を確認すると、そこには狸のように目の周りが真っ黒になった顔が映った。

「あ、はははっ、マール、次の皇太子妃選考会、こういう顔をして行こうかしら？」

「えぇ？　何を言っているんですか？」

そうしたら、さっさと皇太子妃選考会から脱落できるんじゃないかなぁ。

でも、どうしたんだその顔はと尋ねられたら困るか。それに、目立とうとしてとご令嬢たちににらまれるのもめんどくさいわよね。おとなしく静かにひっそりとやり過ごさないと。

「いくらアレが嫌でも、さすがに駄目ですからね！」

マールが呆れたようにメイクを落とす準備をしてくれている。

あ、はい。目立とうとしてではなく、脱落しようとしてというのがマールにはちゃんと伝わっているのがおかしくて、また少し笑った。

頑張ろう。私のことを思ってくれるマールや、領民のために。

着替えてメイクを落としてマールと屋敷を出る。

「……ごめんねマール。その、大変すぎたら言ってね。私、気ばかりが焦って。……ほら、領地の新しい売りを探すというか……」

焦っているのは本当のことだけど、半分は違う。

立ち止まると泣いてしまいそうだから。何かしていたいだけ。失恋っていうんだろうか、こういうのも。

「大丈夫ですよ。何か見つかるように領地をゆっくり回りましょうか」

マールは何も知らないはずなのに、ふっと小さく息を吐くと笑った。

「孤児院の子たちに会えなくて寂しくたって、皆がいますよ」

マールの言葉が終わらないうちに、子供たちが駆けてきた。

「あ、ミリアージュ様だ！」

「みりーずちゃま」

ニコニコと笑顔がまぶしい。

「お嬢様いらっしゃい」

手に作りかけの竹細工を持った高齢の女性が家から顔を出して挨拶をしてくれる。

「こんにちはミリアージュ様」

畑仕事からの帰りの男性も小さく頭を下げていく。

ああ、そうだ。私にはたくさんの大切な人がいる。私が守るべき人たちがこんなにたくさん。

「マール、明日王都へ行くんだって？　だったら売ってきて欲しいものがあるんだ」

私の後ろを歩くマールに声がかかった。

そういえば、村で作った竹製品を王都へ行くたびにマールは売りに行っているようだ。私が学校に行っている間の仕事だ。……マールは働き者だよね。侍女の仕事以上のことをこなしてくれている。

「しばらく私のおともで王都に行くことも減るだろうから、明日はできるだけたくさん持っていってちょうだい」

マールに声をかける。

「ああ、そういえば、そうですね。では……明日売るものを持ってきてくださーい」

マールはすぐに領民たちに指示をし始めた。家々から竹製品を抱えて領民が集まってくる。

「ナイルグさんは水筒が三十と、竹串が五十束ですね、モリスさんは……」

と、マールがメモを取りながら竹製品を集め始めた。私も数を数える手伝いをする。

「あら？　これは？」

マールが作業を止めて首をかしげた。

「新しく作ってみたんじゃが、売れないじゃろか？　服についてるコレ」

年老いた男性が持ってきた小物入れに入っていたものを、マールが手に取る。

なんだろうとマールの手元を見ると、ジャラジャラと糸に通された百個ほどの小さなものが出てきた。

「ボタン、ですか？　確かに木でなくて竹で作っても問題ないと思いますが……ただいくらで売れるかは分かりませんよ？　貝で作ったボタンは木よりも高いですが、竹はどう判断されるか……」

マールが申し訳なさそうに説明する。

「構わんよぉ。小物入れの蓋を留めるボタンを作るついでに作っただけじゃで。楽に作れんかと試行錯誤しとったらたくさんできたんじゃ」

試行錯誤！

ハッと、領民の言葉に気が付く。

そうだ。何とかしなくちゃって、私は何様なのだろう。

確かに、何とかしようと思う必要はあるけれど、私一人で何とかできるなんて思い上がりだよね。

領民たちだって、考えて新しい物を作り出すことができる。領地を見て回るだけじゃだめだ。みんなにも協力をお願いしなくちゃ……。

「いくつあるか数えますね」

マールが糸に通されたボタンを、一つ、二つとずらしながら数を数え始めた。

ボタンか。サリーの働いている洋裁店に買ってもらえないだろうか。

「えーっと、それから、五、十、十五、二十……」

マールが一つずつではなく、五つずつ数え始めた。

「待って、マール！」

ぐっと糸で通したボタンを移動させていたマールの手を握って止める。

「ミリアージュ様？」

別の人が納品した竹串の束を手に取る。それからボタンをいくつか糸からはずして竹串に通す。

うん、穴の大きさは大丈夫のようだ。キリであけているのだろうか。そろっている。竹串の太さを
あとは合わせればいいんだ。

竹串に、五つのボタンを通したものを四本用意する。

それから、竹串が渡る大きさの竹で編んだ小物入れの網目に竹串の先を刺し、ボタンを通して向かい側の枠に渡す。そうすることで、竹串は宙に浮いてボタンも浮き上がる。

「何をしているんですか？　ミリアージュ様？」

竹串に通したボタンはバラバラにはならずに、上に下にと移動させることができた。

さすがに数を数えやすくするための竹串に刺したわけじゃないとマールも気が付いたようだ。

「おや、子供が喜びそうですねぇ。振るとカチャカチャ音が鳴るおもちゃですか？」

領民も興味深そうに私の手元を見ていた。

確かに、振れば小気味よい音が鳴る。そういうおもちゃも作って売るといいかもしれない。だけれど、これはおもちゃではない。

「マール、孤児院の子たちが計算に使っていた竹串の代わり、こういう感じの物にしたらどうかしら？　十三足す二十二とかボタンを動かして竹串を移動させる代わりにするの」

マールがやっと私の意図に気が付いたようだ。

「なるほど！　これならば、ボタンはばらばらになりませんし、桁が混ざって分かりにくくなることもありませんね。竹串よりも便利そうです。ああ、でも短い竹串分はこれでいいとして、長い竹串分がありませんね……」

マールがうーんとうなった。

確かにそうだ。孤児院の子たちは長い竹串を五のまとまり、短い竹串を一として使い分けていた。

大きなボタンを一つ作るとか？

「そうだ、こうしてはどうですか？」

マールが竹串を一本、縦に並べたものとちょうど直角に交わるように横に一本通した。

「こうすれば、この串が邪魔になってこれ以上上に移動できないので、この上に一つ長い竹串の代わりのボタンを通して」

「なるほど！　上側と下側に分けるのね！」

大きなボタンを用意しなくても、これならば同じ大きさのボタンで全部作ることができる。見栄えも一つだけ大きなボタンがついているよりもすっきりしてよいだろう。

領民が首をかしげる。

「なんですか、これ？」

ボタンのつもりで持ってきた物を串に刺してあーでもないこーでもないと言っていれば気になるよね。

「計算するための道具を作っているの！」

目を輝かせて興奮気味に領民に教える。けれど、領民は無感動で無表情。

あれ？　全然興味なさげ。もしかして需要ないの？　と不安が頭をよぎった時、子供たちが寄ってきて私とマールの手元を覗き込んだ。

「ねーねー、これがあると、あたしも計算できるようになるの？」

「これ使ったら計算できる？」

子供たちは目をキラキラと輝かせている。

ああ、そうか。そうだ。

私は孤児院の子供たちは親の仕事を継ぐこともできないから、孤児院を出ても仕事が見つかるようにと思って、いろいろ教えていた。領民たちは、親が、村の人たちが子供たちを育ててくれているからと、何も教えるようなことはしなかった。文字も、計算も。

二百人程度しかいない領民……だからこそ、全員が計算できるようにもできたんじゃないだろうか。

全員が文字を書けるようにもできたんじゃないだろうか。

大人たちは仕事をする必要があるから学ぶ時間がないとしても、子供たちは？

「ミリアージュ様、むしろこうしたらどうでしょうか？」

マールが考え込んでしまった私の横で、ボタンと竹串で別の計算道具を作り上げていた。

一本の竹串には十のボタンが通してある。

「こうして計算するのよ、いい？」

子供たちに見えるようにマールがボタンを動かす。

「例えば、ここに十二本の竹串があります。だから、ボタンを一つと二つ、ここが十で、こっちが二。そこに二十三本の竹串が加わります。十のところが二つ増えて、こっちに三増えるでしょ。これで、足し算が完成。上に移動させたボタンの数を数えます。十の方が三つでこっちが五だから、三十五」

マールが子供たちに説明しているのを、大人たちも見ている。興味なさそうだった顔が次第に輝きだした。

「これなら、ちょっと頑張れば計算ができるようになりそうだ」

「すごいな、全部集めて数え直さなくても、計算で数が分かるのか？」

大人たちがボタンを同じように串に刺して、動かし始める。

早く計算するために孤児院の子たちは、長い竹串と短い竹串を使い分けながら計算していたのだろう。

けれど、計算に慣れていない人間からすれば、……いいや、計算を習っていない人間にとってみれば、五の集まりである長い竹串を使うよりも、見たままの十本の竹串を使った方が分かりやすいに違いない。五の集まりということを理解するまでが大変だろうし。

竹串をばらばらと十本、一の位も十の位も百の位もと用意すると、ずいぶんと本数が必要になって大変だ。でも、ボタンなら。

ボタンを串に通してまとめてしまった道具であれば問題ないんじゃないかな。

「十のボタンを通した計算道具と、五つと一つに分けた計算道具と二種類作ってみましょう」

そうマールに言うと、周りに集まっていた領民が弾んだ声を上げる。

「おう、おいらも協力させてくれ！　ボタンの穴じゃなくて、中心に竹串に合わせて穴をあけたほうがいいだろう？」

「そうだな、その串に刺したやつを入れるケースは、置いて安定するように薄いひらべったい箱で作ったほうがいい。竹串を刺す穴をあければいいいな」

「穴に通してはみ出したところは切り落として安全にした方がいいな」

「抜けないように糊で固めたほうがいいな」

「糊か、にかわで問題ないか？　なら動物を解体した時に毎回作るようにしておいた方がいいな」

領民たちが次々とアイデアを出し始めた。

「ありがとう」

お礼を言うと領民たちがぱぁっと笑顔を見せた。

「俺たちの方こそミリアージュ様のおかげで計算ができるようになりそうなんだ。お礼を言うのはこっちさ」

マールが値段を高くして貴族に売るというような話をしていたけれど、安くして庶民にも手が届くようにした方がいいかもしれない。

うれしそうな顔をして子供のようにはしゃいでいる領民の姿を見ると、あまり儲からなくてもいいから、皆に喜んでほしいって思っちゃうなぁ。

「新製品ができて王都で売れたらこっちもありがたい」

という言葉にハッとする。ああ、目的は商品作りなのに儲からなくてもいいとか本末転倒になっちゃうところだった。

計算する道具は、試作品を作ると張り切っている人たちに任せて、集まった竹製品を屋敷に運ぶ手配だけして領地巡りを再開する。新たな商品にはなりそうだけれど、ボタンと串があれば誰にでも似たようなものは作れる。領民が保護される技術というほどのものでもないだろう。

他に、領民を守れるものを考えないと……。

「マール……子供たちに簡単な文字と計算を教えたら役に立つと思う？」

正直なところ、一生を領地で親と同じ仕事をして生活するのであれば読み書きや計算は必要ない。文字を覚える時間があるなら、竹細工の作り方の一つでも覚えた方がいいだろう。

マールがんーと眉根を寄せて考え込む。そうだよね。役に立つか立たないかと言われても、やっぱり役に立つとは思えな……ん？　あれ、待って。何か思い出しそう。

「そうよ、マール！　役に立つと思わずに教えていた男の子たちの裁縫の腕が役に立ったんだわ！」

そうよ、そう！　ネウスさんが興奮気味に主張していた。洗濯した時の名前問題。

「ねぇ、さっきのボタンだけれど、ボタン一つずつに文字を彫ったらどうかしら？」

「え？」

「木のボタンと比べていくらで売れるか分からないとマールが言ったでしょう？　確かに見た目は地味だし、貝のボタンのように高く売れるわけではないと私も思う。でも、文字が彫ってあったら？」

マールは、私が何を言おうとしているか気が付いたようだ。

「ああ、なるほど、服に名前を刺繍する人が求められていると言っていましたね」

明日、孤児院へ足を運ぶことになったのはちょうどよかったかもしれない。

「竹に模様を彫るのが得意なのは誰（だれ）だったかしら？　試しに二つ三つ文字をボタンに彫ってもらいましょう。見本として明日売り込むことができるでしょう？」

明日、ディラやネウスさんに会えるとは限らないけれど、カイに伝えておこう。カイなら私の言いたいことをちゃんと二人に伝えてくれるだろう。私は明日以降、皇太子妃選考会が終わるまでは念のため街へ行くのを控えるから、その間のやりとりはカイとマールにしてもらえばいいよね。

本当は、明日直接会って話ができればいいけれど……。

「それで、文字を彫り込んだボタンに需要があると分かったら……」

親のあとを継ぐから文字や計算を学ぶことは必要ないなんて言えないんじゃないかな。

子供たちに文字や計算を教えるのもいいかもしれない。まずは、孤児院みたいに絵本を読んであげたり、計算でゲームをしたりして、楽しみながら覚えられればいい。刺繍をする代わりに、ボタンに文字を彫りながら覚えるのもいいかもしれない。

カイみたいにもっと勉強がしたいと思った子には、もっと教えてあげればいい。

押し付けるのではなく、勉強したいと思うことができる機会を作ってあげよう。無駄だ必要ないと思う子にまで無理に教えなければいい。

もし、文字を彫ったボタンが普通のボタンよりも高く売れる、文字を覚えることがお金につながると分かれば、大人たちも子供たちが文字や計算を覚えようとすることに反対はしないだろう。……もしかすると、大人たちも覚えたいというかしら？

だったら、冬の間……雪が積もって仕事が減る時期に勉強会をしようかしら。冬だと外でというわけにいかないわよね。皆が集まれる場所はどこがあるかしら。

「あー、こりゃ失敗だな」

「なんだ、本当だ。煙が出てたからそのまま燃えてるかと思ったら灰になってないな、もう一回火をつけるか……」

竹林の近くへ行くと、リーダーのケルンともう一人の男の人が穴を掘りながらがっかりした声を出していた。

「なぁに、どうしたの？」

近づいて穴を覗き込む。中には真っ黒な竹がたくさん入っていた。

「ああ、ミリアージュお嬢様。それが、穴の中で不要な竹を燃やしていたんですが、風が強くなってきたんで、火が燃え移らないように土をかぶせたんですよ」

「消火のためね」

「いや、それが、煙がいつまでも上がって消火できてなくて、こりゃ土の下で燃え続けてるんだと思ってね。煙が出なくなるまで放置しておいたんでさぁ。それで、煙も出なくなったしそろそろ灰になったかと思って土をどけてみたんですけどね、このざまで」

なるほど。

「真っ黒ね」

「ええ、真っ黒ですね」

竹の形なのに真っ黒。灰ならもっと白っぽい。薪(まき)を燃やして途中で火を消した時のようだ。灰になって燃えつきる前の真っ黒に焦げた部分？　全部が真っ黒で燃え尽きる前の状態なんて初めて見た。どうやって燃えたらこうなるんだろう。

「仕方がねぇ、もう一回火をつけて燃やしちまうか」

ケルンが火種を放(ほう)り込み真っ黒になった竹を燃やそうとした。

「んー、火がなかなかつかねぇな」

どうやら苦労しているようだ。

「炎が上がらねぇ」

確かに、火種として放り込んだ木だけは炎が上がっているけれど、その周りの真っ黒になった竹にはまるっきり火が燃え移っていない。

「あれ、でも赤いし熱くなってますよ？」

マールが火種の周りを指さす。

「見せて……」

よく見ようと穴の中に顔を近づけると、もわっと熱気が吹き上がってきて、頬をかすめる。

「熱っ。これ、火がついてるんじゃないの？」

炎は上がってないし煙も出てないけれど熱い。黒い竹が真っ赤になっているところもある。

火種として放り込んだ木の炎が消えても、真っ黒な炭は赤く輝きながら熱を発し続けている。

「変な燃え方だな……？」

一同首をかしげる。

「料理する時に煙たくならないんですかね？　だったら、便利ですよね」

マールが口を開く。

「マール、そうかも！　煙を出さないとか炎を出さないって便利かも！　暖炉以外でも家の中で火が使えるんじゃない⁉」

ケルンが続けて口を開いた。

「山小屋の中でも冬は暖を取れそうだな、炎が大きくなって何かに燃え移る心配がないのはいいな」

あれ？

あれれ？

「もしかして、これ、新しい薪なんじゃない？　可能性があるんじゃない？　いろいろと使い方を考えてみましょう。料理とか暖とか他にどう使えるだろう。それから薪と比べてみましょう。料理の出来栄えやどれくらいの量でどれくらいもつかとか……ああ、その前に、この黒い竹って作れるのかし

ら？」

　ケルンが頭をかいた。

「分からねぇ。けれど、これが役に立つってんなら、もう一度作れるように頑張ってみますよ。幸い実験道具はたんとありますから」

　と、積み上げられて焼却処分を待っていた竹をケルンが見た。

「ふふ、確かにそうね。失敗しても、もともと燃やすつもりだったんだし。成功したらラッキーよね。じゃあお願いするわね」

　ケルンがドンッと胸を叩いて任せとけと言うのを確認する。

「マールは」

　マールの顔を見ると、私が言おうとしていたことなどとっくに分かっていたかのように、頷いた。

「ええ、この黒い竹を村に運ばせますよ。皆に使ってみてもらって、いろいろ使い道を考えてもらうんですよね」

　その通りです。よくお分かりで。

「って、どんどん燃え広がってます、ケルンさん、どうしましょう!?」

　黒い竹を燃やそうと火をつけたのを忘れていた。

「やけどしないようにまだ火がついていない隅の方をかきだせ」

　急いで穴から出されたものを、邪魔にならないように少し遠くに運ぶのを手伝う。

「ぷっふ。ミリアージュ様、お顔」

作業が終わるとマールが私の顔を見て大笑いし始めた。

「ん？　顔？」

と、マールを見ると、手も顔も服も黒い竹の色がついて真っ黒だ。自分の手を見ても真っ黒。

……ケルンたちも。ってことは、私の顔も黒いってことかな。

「ふ、ふふふ、マールの顔も真っ黒よ」

「え？　ええ？　私もですか？」

マールが驚いた顔をする。

え？　そこで驚く？　だって、せっかくできた黒い竹が、灰になってしまってはいけないと大慌てだったんだもの。

もしかすると「新しい薪」として領地の新しい商品になるかもしれないんだから。

◆第六章　別れの告白

次の日。教会に足を運ぶために鏡台の前に座る。

「……」

鏡の中の自分に話しかける。

眉毛にそばかす……いつもの街に行く、やぼったい化粧を本当にする？

「どうしたんですか、お嬢様？」

マールが手を止めた私を見て首をかしげた。

「う、ううん、何でもない。えーっと、いつもの服は用意してある？」

街に行くための、灰色の地味な服。

……ディラになんて思われたって構わないのに。少しだけ、もう少しだけかわいい姿で会いたいなんて。未来なんてないのに、馬鹿な私。

止めていた手を動かし、眉を描く。

準備が整い馬車に向かうと、御者と話し込む長身で筋肉もりもりの男の姿があった。マールの兄、ヤードだ。

「おはようヤード。今日はよろしくね」

馬車の屋根の上には、すでに王都でマールが売りに行く竹製品がいろいろと積まれている。

「おはようございますお嬢様、これを渡してくれと頼まれたんだけど」

ヤードから手渡された布包みを開いて中を見る。

「ああ、もうできたの？」

中に入っていたのは、ひらべったい四角い箱に竹串とボタンのようなもので作った計算する道具だ。ボタンが十個のものと、仕切りがあって五つと一つに分かれているものと二種類ある。それから、もう一つは……。

「ミリアージュお嬢様、時間がなくなってしまいますわ。計算する道具を試したいなら、馬車の中で移動中にでも」

マールの言葉にハッとする。まだ、試してないのに、試そうとしてたことがバレバレね。

マールと馬車に乗り込む。ヤードは御者の隣に座っていくようだ。

「これは、いいわね」

計算する道具の使用感を馬車の中でさっそく確かめる。

「こうして振って音を鳴らせば赤ちゃんもあやせそうですね」

マールが計算する道具を振り出した。確かにぱちぱちといい音がする。竹ならではの澄んだ音。

「名前どうしますか、お嬢様。計算する道具……と呼ぶのも」

そう言われればそうね。

「計算道具、えーっと、竹で作った計算する道具……竹算盤？」

「竹算盤ですか、いいですね！　名前に竹と入れると、竹で作らないといけない感じがして」

ああ、そうか。便利だと分かればすぐに木や別の物で似たものは作られるだろう。でも世間に名前とともに広がれば竹でできたものというイメージも一緒に伝わってラッキーかもしれない。

マールと顔を見合わせ、二人で悪い顔をする。

「ぷっ」

「ふふふ」

別のことを考えるのはいい。今からディラに会うと考えなくて済むから。

くりくりの髪の毛の奥に見える目は決して誰(だれ)かを見下すようなことはなくて、優しく子供たちを見ていた。楽しそうに笑ったり興味深げに輝いたり。

私のことも、一人の人間として見てくれた。

見下すべき女という生き物でもなく、性の対象としての生き物でもなく……。

って、さっそくいろいろ考えてる。あー、もうっ。

教会に着くと、布に包んだ竹算盤を抱えて馬車を降りる。

孤児院の子たちに使ってもらって意見を聞くつもりだ。それからもう一つの方は孤児院の子ではなくて、意見を聞くにはあの人が適任だと思うんだけど、いるかな。

馬車から孤児院までいつもは一人で歩いていくんだけれど、今日はヤードと一緒だ。

マールは竹製品を売りに行ってしまって別行動。

教会が見えるところにカフェがある。

「教会には警備兵がいるから大丈夫。ここで待っていてくれる？」

「ああ、了解です」

ヤードに手を振り、小走りで教会へと向かう。入り口には、ネウスさんの姿があった。

ああ、来てる。来てるんだ！　ディラはもう教会にいる。

ドキドキと胸が波打つ。馬鹿な私は、痛む胸と会えるうれしさで心が揺れる。

「ネウスさんっ」

「ああ、リアさん。今日はいらしたんですね。良かったです」

ネウスさんが私の顔を見て笑った。

よかった。これで意見も聞ける。

「見てもらいたいものがあるんです」

ポケットに入れていた試作品のボタンを取り出す。

「なんですか？」

ネウスさんが差し出した手のひらに、取り出したボタンをころころと五つほど手渡す。

「これは？」

「ボタンです。ボタンに文字が彫ってあるんです。これ、刺繍（ししゅう）の代わりに使えませんか？」

そう。持ってきた試作品は文字を彫り込んだボタンだ。

文字を知らない人も刺繍ができない人も、文字の彫ってあるボタンを縫い付ければ服に名前を刺繍したのと同じような目印にならないかと思ったのだ。

おしゃれのためのボタンではなく、実用品としてのボタンであれば、貝のような美しさはなくてもいい。どうせ靴下は、下がらないように上から吊るして留めるためのボタンを使っている。パンツにはちょっと邪魔になるかもしれないけれど。ボタンの付いたズボンやシャツにも使えるんじゃないだろうか。

ネウスさんの目がきらっと輝いた。

「これは、素晴らしいですね。いいですよ」

「本当ですか？」

「ええ、名前の頭文字を縫い付ければ持ち主の区別がつく……同じ名前の者は、縫い付ける糸で区別するようにでもすれば……。刺繍は無理でもボタン付けくらいはできる者が何名かいる……これは、画期的ですよっ！」

ネウスさんが珍しく興奮気味に私の手を取った。

うん、よほど持ち主が分からない服問題は深刻だったようだ。そりゃそうか。イケメンがパンツを持って「刺繍をしてくれないか？」って女性に頼む姿は想像できない。

かといって兵舎で暮らすには洗濯は下働きの者がまとめて洗濯をするだろうから……、持ち主が分からないのは困る。

……それは俺のパンツだとか奪い合う姿も想像できないし、ましてや下着だけは自分で洗うっていう姿も想像できない。って、いろいろ想像しちゃって思わず吹き出しそうになる。いけない。

「楽しそうに、何の話をしてるの？」

ちょっとムッとした声が少し開いた扉の隙間から聞こえた。

ディラがいつの間にか教会の扉を半開きにしてこちらを見ている。

「ディラ！　おはよう。私に会いたいと言っていたと聞いたのだけれど……」

私も、会いたかった。会えてうれしい。って言葉を飲み込んで話しかける。

「ああ、うん。会いたかった。会えて、うれしい」

まるで私の心の声を見透かされたかのような言葉がディラから出た。

「えっと……」

思わず顔が赤くなる。

ディラが私を好きだなんて勘違いしそうな言葉だ。

赤くなった顔を見てディラも自分の言葉で私が何を思ったのか気が付いたのかもしれない。

「な、なんでそれ……手を、握って……」

すぐに頭を小さく振ってディラが私の手元に視線を落とした。不機嫌そうな声が続く。

へ？　ああ、いや、確かに握ってたというか、ボタンを落とさないように受け渡ししてたんだっけ。

「それに、楽しそうに、笑って……」

笑いをこらえてたというのが正解ですね。……顔が赤くなったことは気付かれなかったみたいだ。

「で、でん……ディラ、私は別にやましいことなどっ」

ネウスさんが慌ててボタンを私の手に握らせディラを見た。

「あの、それでリアさんこれはどこで売ってるんですか？」

「まだ、リアに、話しかけるつもり？」

ディラが不機嫌そうにネウスさんをにらむ。なんでそんなに機嫌が悪いのだろう？

ネウスさんがディラににらまれて困った顔をする。

うーん、ボタンの話をもう少しネウスさんとしたいけれど、それよりも、私もディラと早く話がしたい。

「ネウスさん、カフェにいるあの人……」

私の護衛についてきたヤードを指さす。ヤードは律義(りちぎ)に私の様子が見える場所に席を取りこちらを見ていたので、手を振ると振り返してくれた。

「あの人の妹さんが、このボタンのことを知ってるので聞いてください」

マールならば値段の交渉やらその他(ほか)いろいろな相談も上手(じょうず)にこなしてくれるだろう。

「何の、話？」

一人かやの外になってしまった気がしたのか、ディラが不満そうにネウスさんの顔を見ている。

ふふ。子供みたい。ディラの新しい顔が見られてちょっとうれしい。

「ディラ、早く中に入りましょう！」

ディラに笑いかけると、ディラが教会の扉を押し開いてレディにするように私を中へと通す。

こういうちょっとしたしぐさが、貴族を思わせてぎりりと胸の奥が痛む。

やっぱり、貴族……なんだろうな。ほんのちょっと、もしかしたら、ただの金持ちの息子で、心配性な親が護衛をつけているだけという可能性を期待してる自分が、期待を裏切られて落ち込む。

「リ、リアはやっぱり、その……やっぱり、ネウスみたいな、かっこいい人が、好きなの？」

ひどい猫背のディラが、さらに身を縮めるようにして私の様子をうかがう。

なぜ、そんなことを聞くのだろう。

美しい護衛と比較されて、ひどい言葉を投げつけられたことでもあるのだろうか。顔中に広がるそばかすを、くりんくりんでセットしづらい髪を、浅黒い肌を、からかわれたことがあるのだろうか。

見た目の印象なんて、着るもの、化粧、立ち姿、ふるまい……、いくらだって変えられると、私は知っている。

ディラだって、背筋を伸ばして堂々と立てば。くりくりの髪の毛を短くして優しい目を出せば。少しそばかすを隠して肌の色をよく見えるようにすれば、それだけでも全然違って見えるだろう。

だけれど……。それは少しも大事なことだなんて思わない。

「ディラは、美しい女性は好き？」

ディラが質問で返した私に閉口した。

ディラが美女が好きなら私がイケメン好きだと思うだろう。ディラが女性の容姿よりも別のところにひかれるのだったら、私もかっこいい人が好きじゃないと思うだろう。

「ごめん……ずるい、聞き方した……。ネウスが、好き、なの？」

「え？」

驚いて顔を上げると、不安げに私に問うディラの顔が飛び込んできた。

ああ、楽しそうに話をしていたから？　もしかして、過去に、ネウスさんが好きなのを隠してディラに近づいて利用した人でもいたのかな？

ポケットから、ボタンを一つ取り出す。ネウスさんに見せたボタンとは別のボタン。

ネウスさんに見せたボタンとは別に……一つだけ胸元のポケットに入れていたボタン。

「ディラにプレゼント。もらって」

ディラのイニシャルの文字……Ｄが彫られたボタン。

「えっと、ありがと……」

「ネウスさんには、このボタンについて聞いていたの。刺繍の代わりにボタンを縫い付けるのは役に立つかって」

スカートのポケットからネウスさんに見せたボタンを取り出して見せる。

「あ、あれ？　手を握ってたんじゃなくて、それを渡して……え？　あ、ごめん、誤解……」

ディラが恥ずかしそうに頬を染めた。

「ねぇ、ディラ、それより見せたいものがあるの！　来て！」

ディラに布の包みを見せながら、図書館に続く扉を開く。

図書館に入ると相変わらずカイが何か読んでいた。

「カイ、あの子たちを呼んできて。計算ゲームをまたしましょう！」

「え？　ゲーム？　あ、それより、リア、あの」

何か言いたそうなディラの言葉が始まる前に、カイが孤児院からこの間計算ゲームをした二人を呼んできてくれた。

ネウスさんにも声をかけようかと思ったけれど、もしかしたらヤードと話の途中かもしれないと思って、このメンバーでお披露目会をすることにした。

「じゃーん、見て！」

布包みをほどいて、竹算盤を机の上に置く。

「何これ？」

「すげー」

「これは？」

子供たちが顔を近づけて竹算盤を興味深げに見た。

「ほら、この間竹串で計算してたでしょ？　それをもう少し使いやすくできないかと思って作ってみた……じゃない、相談したら、作ってくれたの」

こうして使うのよと、五つと一つの方を手に取り、すべてのボタンを下に落とす。

「例えば、二百七十二足す三百四十八ならこうね」

パチンパチンと、ボタンを動かして答えを導き出す。

「ああ、竹串と使い方は一緒だ」

「でも、これなら、途中で串が転がってどっか行っちゃうことも、手ではじいて隣の竹串がいくつだったか分からなくなることもなくなる！」

カイが十個ボタンがある方の竹算盤を手に取った。

「こっちは、計算に慣れていない子でも分かりやすくて使いやすそうだね」

と、ボタンを動かしている。子供たちが楽しそうに竹算盤を触っているのに、ディラだけはじっとただその様子を見ているだけだ。

「どうかな？」

ディラの顔を覗き込むと、目がキラキラしてた。

「す、すごい、これ、計算ができる道具……初めて見た。欲しい」

「本当？」

よかった。そう言ってもらえて。

貴族であろうディラが欲しがるということは、きっと売れるよね。売り物になる。計算なんて道具など使わなくてもいいとか、子供のおもちゃは役に立たないと思われては駄目だもの。

「あ、でも残念だけれど、これはあげられないの」

「あ、ごめん、これをくれと、言ったわけでは……」

ディラがハッと口を押さえる。貴族ならば庶民から金にものを言わせて取り上げるなんて簡単だ。

「この子たちにしばらく使ってもらって、大きさとか形とか問題がないか確認して、改良していこうと思って。問題がなければ商品として売り出されるようになるわ。このボタンと同じように。私は持ってくるように頼まれただけだから……」

「あ、うん、買うよ。商品になったら、絶対に買う！」

ディラが笑顔を見せる。

「ありがとうディラ。作ったら売れると思うって伝えておくね」

ディラの笑顔を見てドキドキする。顔が赤くなっていないか心配になるくらい、胸が高鳴る。

大丈夫、図書館の中はそこまで明るくないもの。ちょっと顔が赤くなってたってばれやしないわ。

「うん、売れる。絶対に、売れるよ。計算が早く正確にできるようになる道具……。これは画期的だよ。売れないはずがない。売れるよ、それも、大量に。これは、それだけ、素晴らしいものだ。何て言ったっけ？」

「竹算盤。竹算盤よ」

ディラが竹算盤に視線を落として、忘れないようにと小さく二、三度竹算盤とつぶやいた。

ディラなら、計算が得意な人がそれを武器に仕事についているということも知っているだろう。そういう人たちの仕事を奪うことになりかねないということも容易に想像がつきそうだけど。それを差し引いても売れると思ってくれたのなら、大丈夫かもしれない。

「みんなにも見せてきていい？」

子供たちがうれしそうに竹算盤を持って出ていく。

カイも後を追って、計算の問題集の本を持って部屋を出ていった。ふふ、カイも早く竹算盤を試してみたいのね。

気が付けば、図書館の中は私とディラだけになった。

「すごいね、リアは……」

「え？」

ディラが私の正面に立つ。

何がどうすごいのか分からなくて首をかしげる。

「ボタンも、竹算盤も、リアが考えたんでしょう？」

あれ？　私、頼まれて持ってきたって言わなかったっけ？　なんで、ディラは私が考えたなんて思うんだろう？

ディラがじっと私を見ている。

そうだ。ディラは私が子供たちに文字を教えていることも知っている。服に名前を刺繍できる人が必要なことを聞いたのも知ってる。それに、女だからって言わない。だから、ごく当たり前に、私が考えたんだということに行き着いたんだ。

「少しアイデアは出したけれど、でも、考えて形にしてくれたのは領み……町のみんなよ？」

そもそも竹でボタンを作ってみようとした人がいなければ、竹算盤も思いつかなかっただろうし。マールもいろいろアイデアを出してくれる。鋭い駄目出しはいつもありがたい。

しっかりとした形にまで練り上げてくれたのは竹職人たちだ。

「そもそも、竹串で計算をしていたあの子たちのおかげでもあるし。感謝しなくちゃね」

竹算盤で収入が増えたら、あの子たちに美味しいものをごちそうしよう。

もちろん他の子にもね。……すべては皇太子妃選定が終わったらだけれど。もう、しばらくここへ来ることもないだろうから。

毎回護衛をヤードに頼むわけにはいかない。ヤードにだって仕事がある。

それに、ヤードの護衛ではどうにもならない相手に襲われる可能性だってあるわけだし。

「か、感謝できちゃうのが、すごい……」

へ？

「人の手柄を、横取りしてでも、出世しようとする人も、いるのに……。自分の手柄さえ、自慢するどころか、周りのおかげだと……感謝できる」

ディラの手が私の頬に伸びた。

だけど指先が私の頬に触れる寸前に、すっと下げられる。

触れて……くれないんだ。

って、何を残念に思っているのか。私の馬鹿。

ああ、どうしよう。好き。好きだよ、ディラ……。

ここが図書館でよかった。外の明るい場所だったら、私の目が熱っぽいのがバレバレになっていたと思う。

「そうして、私のいいところを見つけて褒めてくれる……ディラもすごいよ……」

過去に俺が考えたんだと手柄を横取りするような人がいた。女は男を立てるものだから当然だと、力を貸した女性にお礼も言わない人もいた。

ディラはそういう人とは違う。それどころか……素直に、言葉にして褒めてくれる。

「だって、本当に……リアはすごいから……」

再びディラの手が私の頬に伸びる。

今度は、触れて欲しい。

ディラは、今どんな目をしているのかな。

ねぇ。ディラ……。薄暗くて見えないの。

……私と同じならいいのにと。そう思ってしまう愚かな自分がいるから。

だから、見えない瞳の熱を想像するくらいいいよね。

「ディラ」

好きという言葉の代わりに名前を呼ぶ。

「リア……」

ディラの目が私を見ているのが分かる。まっすぐに強い視線が私を包み込んでいる。ただ、見られているだけなのに胸がいっぱいになる。

ごくりとディラが唾を飲み込む音が聞こえた。そして、ディラの視線が逸らされた。

「そ、そうだ、えっと、リ、リアに、お土産があったんだ……」

ディラが急に踵を返して、机の上の布包みを手に取った。

「あ、いや、リアにあげるわけには、いかないんだけれど……えーっと、ここの図書館の蔵書に……ほ、ほら、なんか技能の本を探していたから……加えてもらおうと」

蔵書に加える？　ディラが布を開くと、中から本が三冊出てきた。

本はお金を出せば誰でも買うことができるような品ではない。もちろん、買うことができる本もある。だけれど、本はとても高価なため、流通量がとても少ない。欲しい内容の本を探そうと思って伝手を頼りにしたとしても何か月も見つからないこともある。

それなのに、教会図書館に寄贈する本が三冊も？　あれから一か月と経っていないのに、見つかるはずがない。

本を手に入れる方法はもう一つある。図書館にある本を書き写して手に入れる方法だ。人を雇って本を写させる者もいる。

表紙が真新しいことから、きっと書き写した本だろう。

「この本は、どこの所蔵だったもの？」

「ああ、王立図書館にあった本を、書き写したもので、大丈夫。どこかから、盗んだわけでも、大金をはたいて、買ったものでも、ないから」

違うよ、ディラ。ディラがどこかから盗んだなんて思ってない。お金をどんどん使って、欲しいものを手に入れる浪費家だとも思ってない。

私が確認したかったのは……。王立図書館に入る資格がある者の中でも、雇った人間を図書館に入れる許可をもらえる者はごくわずか。だから、やっぱり、ディラは、高位貴族なんだね……。男爵家の娘が間違っても縁が結べるような家の人間じゃない……。

ふ、ふふ……もしかしたら、違うかも。そうじゃないかも。ちょっとは可能性があるかもなんて……。

決定的な証拠がないならば、ほんのちょっとの希望にすがり付いたりなんかして……。

なんて、往生際が悪い私……。

だって、好きなんだもん。だって、だって、好きになっちゃったんだもん。

好きでいることくらい……許されるかもなんて……。そう思ったのに……。

ダメだよ。いい人だから……ディラを困らせちゃだめ。

「ど、どうしたの？　あ、あの、僕、何か悪いこと、した？」

ディラが慌ててポケットからハンカチを取り出して、私の頬に手を伸ばす。

ああ、泣いてるのか、私。

……ディラは……涙をぬぐうためすら……ハンカチを持った手を止めて、私に触れない。

ディラだって分かっているんだ。

自分は貴族で、女の子に気のあるそぶりを見せてはいけないと。庶民に手を出すことがいかに貴族にとっては問題が多いことなのかと。

そして、身分が違う女性から言い寄られても困るということも分かっているんだ。

ディラが腕を下ろして私にハンカチを差し出した。ハンカチを受け取ると、頬をぬぐう。

「ありがとう、ディラ……ごめんなさい。私、しばらく事情があってここに来られないの……あ、だから、その、せっかく持ってきてくれた本が読めないと、思ったら……」

涙の理由を適当に口にする。

「そうなんだ……大丈夫、本は、逃げない……えっと、しばらくってどれくらい？　僕は……逆にしばらくしたら、来られなくなる……」

来られなくなる？

「い、・年くらい……」

小さな声で答えると、ディラが寂しそうな声を出した。

「そう……か。じゃあ、もう会えないかもしれないね……」

もう、会えない？

ドキリとして顔を上げれば、ディラが私をまっすぐに見下ろしていた。

もう、会えない……。

思わず、ディラの服を……服の裾をぎゅっとつかんで握りしめた。

「リ……リア」

ディラのかすれた声が耳に届いた。

あっと思った瞬間、ディラの腕の中に抱きしめられていた。そっと、真綿でくるんだような優しい抱擁。

「ディラ……」

これは、お別れのハグだ。

もしかすると泣いている私を慰めようとしてくれた、それだけ。深い意味なんてない。

ないけれど。止められない……。

ディラの背中に腕を回してぎゅっとしがみつくように抱きついた。

私もただ、もう会えないというのを悲しんでいるだけ。別れを惜しんでハグしているだけ。

「リア……」

頭上から降ってくるディラの声に戸惑いがある。

「お別れ……ね」

「ああ……」

小さく聞こえるディラの声。

「ごめん……」

何を謝っているのか分からない……。

「今から言うことは……聞かなかったことにして……それから忘れて……」

え？

「ごめんね……でも、言わせて」

ディラの腕に力が入る。

「……好きだよ、リア」

少しかすれた小さな声が耳元でささやかれる。

「子供たちに向ける、優しい笑顔も、誰かを助けようと考えて行動するところも、それから……一緒に話をして、こんなに楽しい時間はなかった……リア……」

馬鹿。……馬鹿！

こぼれそうになった涙を必死にこらえる。

聞かなかったことにしてとか、忘れてとか……。できるわけない。そんなこと……。

「ディラ……忘れないで……」

だから、今度は私の番だ。

「私も、ディラが好き」

何か辛いことがあった時に……。自分が好きになった人に確かに愛されていたんだと、思い出して。

それが、彼の力になればいい……。

「ごめん」

ディラの腕にさらに力がこもる。

「うん」

「ごめん」

「うん」

分かってる。

二の鐘の音が聞こえ始めた。

「ああ、時間だ……リア……」

小さなつぶやきとともに、ディラの体が離れた。

私を見つめるディラが、何か言葉を探しているように口ごもる。このまま、嗚咽を漏らして泣き出してしまいそうになるのをこらえて笑顔を貼り付ける。

「本を寄贈してくれて、ありがとう」

「うん……」

ディラは言葉を飲み込んで、軽く手を上げて部屋を出ていった。まるで、お互いにまたねと言って軽く別れるように。

部屋に残されたのは、ディラが置いていった本三冊と私と……。

私の手の中に、返しそびれたハンカチ。

後を追って返そうと思えなくて。

「これ、どうしよう……もらってしまってもいいかな……」

たたみ直そうと広げたハンカチには、DではなくRのイニシャルが入っていた。

「だよ……ね……」

ディラは偽名かなと思ったけれど。私には、彼は一生ディラだ。彼にとって私がミリアージュではなく、リアであるように。

ふぅと、小さく息を吐きだすと、ポロリと一筋涙が流れた。ハンカチでぬぐい、折りたたんでポケットに入れる。

ディラが持ってきてくれた本。しばらく図書館には来られないから、読めるだけ読もう。

気が付けば、三の鐘が鳴っていた。そろそろ帰る時間だ。

孤児院に顔を出すと、子供たちはまだ熱心に竹算盤で計算をして遊んでいた。

使い心地を聞いたところ、五本だけじゃ物足りないのと、一番外側が扱いにくいということだった。

ということはもっと本数を増やすことと、一番外側は枠と少し離した方がいいのかな。

カイは十のものは置く場所が多く必要になるため、書類などの計算をする時には紙が隠れてしまうのではないかって。

なるほど。ということは、十のものは一つひとつをもう少し小さくした方がいいのかな？

「しばらく、来られないかもしれないけれど、私のえーっと友達が代わりに来るから、いろいろ教えてね。改良したものも持ってくるよ」

マールに行ってもらおうか。竹製品の取引のためにマールが王都に足を運ぶこともあると思うし。

竹算盤の評判は悪くなかった。ボタンもネウスさんはとても喜んでいた。

チャラ皇太子が王位継承するまで推定十年。

領地の特産物をもっと考えよう。

◆第七章　皇太子妃選考会再び

……。そう、世の中にはどうにもならないことがある。

「まぁ、ミリアージュ様とても素敵です！」

サリーが頑張ってくれたドレスが届けられたのは一日前。今日は、二回目となる皇太子妃選考会だ。あー、やだやだ。早く失格になりたい。あと何回あるの？　今のペースなら一か月に一度。一年ってことは、今日も含めてあと十一回かな？

はぁー。気が重い。でも……。

「本当に、素敵よね」

サリーが一生懸命刺繍してくれた胸元の白い花たちが、私を励ましてくれる。

とても美しい白い花が胸元いっぱいに広がっている。豪華なのに、派手な印象はなく上品にまとまっている。細い糸で丁寧に刺繍が施されており、わずかな期間でよくぞここまで。デザインの美しさもさることながら、丁寧に縫われた刺繍のすばらしさといったら。

きっとサリーは寝る間も惜しんで刺繍してくれたんだろうなと、一目見て想像できる。

「頑張るね……」

刺繍にそっと手を添えてサリーに感謝する。

あ、頑張るって、皇太子妃になるためにじゃないからね！　行きたくないけど頑張って行ってくるっていう意味だからね？　あと、特別手当がサリーたちに出るように。

今回も、招集時間の二時間前に王城に到着。

身分の低い者から先に入らなければならないという暗黙の了解、何とかならないかしらねぇ。

二時間もぼんやり部屋で待つの退屈なのよね。せめて、本でも読んで時間をつぶせればいいんだけれど。あいにくと、貧乏男爵家には本を買うような余分なお金はない。図書館の本は持ち出し禁止だし。

部屋の扉を開けてもらい中に入るとすぐに硬直した。

え？　なんで？

部屋には、薄紫色のドレスと、黄色いドレスを着たご令嬢がいた。

薄紫色のドレスのご令嬢がアンナ様、黄色いドレスのご令嬢がハンナ様だっただろうか。

「あら、男爵家が、生意気にも私たちよりも遅くいらっしゃるとはどういうことかしらね？」

アンナ様が私をにらんだ。

「本当に、何様のつもりかしら」

ハンナ様が私の目の前へ歩み寄る。何で？　ちゃんと二時間前に到着したのに。

それよりも前に来ていたということ？

彼女たちはエカテリーゼ様の両隣に並んでいた取り巻きのご令嬢たちよね。伯爵家のご令嬢のはずで……。通常は一時間ほど前に来ればいいのでは？　なぜこんなに早く……。

「も、申し訳ありません、まさか、こんなにも早くいらっしゃるとは……」

とりあえず頭を下げる。

「はっ、しらじらしいわね！」

しらじらしい？　全くもって全然何が言いたいのか分からず頭を上げる。

「そうして、いかにも立場が弱いように見せているだけでしょう？」

いや、男爵家なんで、立場は弱いですよ？　特に後ろ盾となる家もないですし。小さな領地しかありません。何か商売をして儲かっているわけでもないです。たぶん、それは知ってますよね？

「この間も、ずいぶん目立っていらっしゃいましたわよね？」

「そうよ。ドレスはいらないなどと、殿下の気を引くような発言をして」

ああ。あれは、確かに目立ってしまった。

その点については深く反省してる。ぼんやりして口を滑らせてしまったばかりに。

「それに、それは何？　そんなドレスはなかったと思いますわ」

「あら、本当ね。こんなに素敵なドレスは記憶にありませんわ」

二人が私のドレスに視線を落とす。サリーの施した美しい花の刺繍を見ている。

「あの、これは……刺繍を入れていただいただけで、あの時のドレスで」

パシンッと、頬が鳴った。ハンナ様の持っていた扇で、頬を叩かれた。

「また、一人で目立とうと言うの？」

「い、いえ、そんなつもりは……」

「何がそんなつもりはないよ！　どうせ、男爵家に残されたドレスがみすぼらしかったから刺繍をしたとかなんとか言うつもりでしょう！」

「いえ、そのようなことは……。みすぼらしいと思っては……」

そもそもドレスなんて何でもいいと思っていたくらいだし。

「嘘おっしゃい！　その腐ったような汚い緑のドレスよ？」

……腐ったような緑って……。よく成長した竹のような色で、渋くて綺麗なのに。

「そうよ！　そんな地味なドレスを気に入るような人はいるはずがありませんわ！」

いいえ。私は好きだし。派手なドレスはむしろ苦手というか、目立ってもろくなことがないって知ってるから嫌いなんだけれど。

「こんなドレスしか残されなかったと同情を買いつつ、それを刺繍で素敵にアレンジしたと才覚を見せつけるつもりね」

だから、そんなつもりはないんだけれど。

「はっ。生意気なのよ！　男爵家の娘が本気で皇太子妃の座を狙っているの？」

狙ってません。

ぐっと言葉を飲み込む。何を言っても、彼女たちの気持ちを逆なでしてしまいそうで、何も言えなくなってしまった。

「さっさと辞退しなさいよ。目ざわりなのよ！」

まるで私が好んでこの場にいるようなことをなぜ言うのか。辞退できないからいやいや参加しているのに。

きっと好んでこの場にいるわけじゃないと言っても、嘘おっしゃいとかあなたのようなものが選ばれるなんて奇跡なのよ、それを望んでないなど不敬よ！　とか言われそうだ。

ため息しか出ない。すると、本当に小さくため息が漏れてしまった。

「馬鹿(ばか)にしているの？　ちょっと綺麗だからって！」

「そうよ、生意気なのよ！」

カッとなったアンナ様が、テーブルの上に載っていた飲み物をひっつかんで私のドレスにぶちまけた。

「あっ」

さすがに声が出た。黙っていられない。

「サリーが……今日のために……何日も寝る間も惜しんで……必死に……私のために……」

「何をぶつぶつ言っているの、気持ちが悪い！」

「そうよ、ちょっと手が滑っただけ、そうでしょう？　よくあることよ」

よくあること？

「伯爵令嬢でいらっしゃるのに、まるで位の低い男爵令嬢のように二時間も前に会場入りすることがよくあることでしょうか？」

サリーが刺繍したドレスが汚されたことで怒りが抑えきれない。こんなことを言うべきじゃないと思っていても言葉が口から出てしまう。

「何を言っているの、手が滑って飲み物をこぼすというのがよくあることだって話をしているのよっ！」

　ふっと、思わず笑ってしまった。

「伯爵家のご令嬢ともあろうお方が、まるでマナーを知らず会場を飲み物を持ったまま駆け回る子供のように、何度も飲み物をおこぼしになるのですか？」

　アンナ様がカッと頬を怒りで染めた。

「なっ」

「それとも、よくあることというのは、公爵令嬢エカテリーゼ様に頼まれて飲み物をこぼすことをおっしゃっているのでしょうか？」

　二人は取り巻きだ。公爵令嬢エカテリーゼ様の。

　上位貴族であれば、取り巻きに命じて自分の手を汚さず、気に入らない者へ釘を刺すと噂で聞いたことがある。

　エカテリーゼ様もそのような方なのかは分からないけれど、上位貴族の機嫌を損ねないように気を付けなさいと。そう、確かジョアンナ様が他のご令嬢に話をしているのを聞いた。

　もしかすると、あれはエカテリーゼ様のことだったのだろうか。そしてジョアンナ様も侯爵家と上位貴族だけれど、自分はそんなことはしないと言いたかったのだろうか。

「な、何をおっしゃっているの？　誰かに頼まれて、うっかり飲み物をこぼす人がいるわけありませんわ」

「ええ、そうですわよ。ドレスの裾を踏んでうっかり飲み物をこぼすところを私は見ていましたわ。

それをわざとのように言うなんて、失礼よ！」

はぁー。もう、めんどくさい。めんどくさい。私は皇太子妃の地位なんて望んでなんてない。

ねちねちといろいろ言われるのは慣れているけれど、今回は本当、チャラ皇太子のせいだと思うと腹が立つ。

「失礼ですが、私にもよく分からないので教えていただけますか？　さっさと辞退しなさいと言いましたわよね？　では、どのようにお伝えすれば辞退することができますか？」

アンナ様がうっと息を飲む。

「どのように？　どういうこと？」

「公爵令嬢エカテリーゼ様のご友人のご令嬢に、皇太子妃候補を辞退しなさいと言われましたので辞退したいと、そう申し出れば私は辞退できるのでしょうか？　……私は男爵家です。王家に皇太子妃候補選考会に出なさいと言われれば、とても私から辞退できる立場ではございません。命令は絶対ですから。ですが、公爵家ともなれば違うのでしょうか？」

私の言葉に、二人が青ざめる。

「あーははは。何それ。面白いですわね」

突然笑い声が響き渡り、声の方を見る。

「ファエカ様」

「ねぇ、私にも辞退しなさいと言ってもらえないかしら？　公爵令嬢のご友人に辞退しろと言われたと言って辞退できるんなら、うれしいんだけど。早く領地に帰りたいのよね」

ファエカ様が二人の顔を見て笑いを収める。

「ああ、でも、もしかして、公爵令嬢はあなたたち二人が勝手に辞退しろと言っただけで私は知りませんと言うかしら？　そうしたら、伯爵家の力じゃどうにもならないかもしれませんわね？　私もミリアージュ様も辞退することはできない……あら？　けれど……辞退しろと立場の弱い者に脅しをかけたご令嬢はどうなるのかしら？」

ファエカ様がとぼけた顔をして宙を見てから、二人に笑いかけた。

「それで皇太子妃候補から外れられるならラッキーですわね。格下の家の者に辞退しろと言うだけで辞退できるなら。だけれど、残念ながら私もミリアージュ様も使えない手ですわねぇ。私たちが爵位で脅しをかけられる人はいませんから……」

二人は青ざめる。

「わ、私たち、辞退しろなんて脅したりなどしていませんわ」

「そ、そうですっ」

ファエカ様がふぅーんと小さく頷いた。

「そうよね。そんな馬鹿なことなさいませんわよね。もし、私やミリアージュ様が皇太子妃になれば、あっという間に立場が逆転いたしますもの」

二人がうっと息を飲み、そそくさと逃げるようにして部屋の隅に移動した。

「あの、ありがとうございました。でも、ファエカ様……」

もし選ばれたらという話をしたけれど、逆に選ばれなかった時にお立場が悪くなるのでは……と、心配になって口を開こうとすると、言おうとしていることが分かったのかふふっと笑って、つんっと頭の上をつつかれた。

「私はほとんど王都には出てこない辺境の子爵家令嬢なので、平気よ。それよりも、それ、幸い時間もあるから、洗って乾かせば間に合うんじゃないかしら？」

ファエカ様にドレスのシミを指さされて思い出す。

「ああ、確かに。こういうときは早くに登城しなくてはいけないことに感謝しなければいけませんわね。ありがとうございます」

ファエカ様にお礼を言って、部屋の隅にいる侍女の一人に声をかける。

少々お待ちくださいと言われ、待っていたらそのまま別の侍女がやってきてこの間採寸した部屋へと通された。ドレスを洗って乾かすと言われ、その間に着る代わりのものだと、ずいぶん立派なドレスを手渡された。まぁ、下着姿でいるわけにはいかないから袖（そで）は通すけれど……。

仮に羽織るドレスですらこんなに立派って……どれだけお金を浪費してるんだろう。王族。

ここでずっと待っていなくてもいいですよと言われたので、喉（のど）が渇いたこともあり会場に戻ろうと廊下へ出る。

「おや、これはこれはミリアージュ様ではありませんか。誰かと思いましたよ」

廊下に出ると宰相がいた。

「懐かしいですねぇ、そのドレスは王妃様がお若いころに着ていた物ですね」

「え？　王妃様が？　若いころに？」

宰相の言葉にぎょっとする。

「あ、そんな大切なものをっ」

どうしよう。急だったとはいえ……。

「いえいえ、大切ではありませんよ。いつか使えることがあるかもしれないともったいないから取ってあっただけで」

「は？　もったいない？」

意外な言葉が宰相から飛び出して思わず聞き返してしまった。

「おっと、失言でしたな。遠慮する必要はありませんよ。王妃様は誰か、譲る相手がいれば差し上げるおつもりでしたからね。あなたに譲るのもいいと私は思いますよ」

譲る相手って……。

「その、あと一時間ちょっとだけお借りいたします。汚さず返しますから、えっと、お譲りする相手に譲る前に袖を通してしまって申し訳ありませんっ」

すぐに踵を返して部屋に戻る。

譲る相手って、普通に考えたら娘よね。……王女様はいないから、チャラ皇太子の嫁……義理の娘になった人に譲るつもりよね。そんな大切なドレスを私が先に着てしまったなんてばれたら、またいろいろ言われる。それに、汚すわけにはいかない。誰かにまたうっかり飲み物をこぼされても困るから。部屋に戻って渇いた喉はそのままに、じっとドレスが戻ってくるのを待った。

まだ少し湿ってはいるものの、しっかりシミが綺麗になったドレスに着替えて、会場に戻る。

「あら、最後に登場だなんて、良い御身分ですわね。もう、皇太子妃にでもなったおつもり？」

会場に入ると、エカテリーゼ様ににらまれる。確かに最後になってしまったけれど、それは別室にいたからで。ちゃんと二時間前には来ていたのに。

「あの、いえ……」

エカテリーゼ様の後ろで、原因となった伯爵令嬢がにやにやと笑っている。

私が会場にいなかった理由を知っていながらこの状況を笑って見ているのか。

それともエカテリーゼ様も理由を知っていながら、私を責めているのがおかしいのか。

「あら、嫌ですわ。エカテリーゼ様のご友人がミリアージュ様のドレスを汚してしまわれたのをご存知ないのですか？　そのせいで別室でドレスの汚れを落としていたのでしょう？　災難でしたわね」

にこやかに、私とエカテリーゼ様の間にジョアンナ様が割って入ってくださった。意外なんだけど。

「素敵なドレスね。そのドレスに嫉妬してわざとご友人はドレスを汚したのではないでしょうね？」

「なっ、失礼ですわよ。なぜ私が嫉妬などしないといけないのですか？」

「エカテリーゼ様が嫉妬したなどと、一言も私は言っておりませんわよ？　ご友人の話をしていますわ」

ああ！　全然助かってない。エカテリーゼ様とジョアンナ様が激しく火花を飛ばしているこの場から逃げたい。動けないよ。怖い。

「ああ、そうね、私の友人の話でしたわね。皇太子妃になると決まっている私が嫉妬などする必要はありませんもの。ごめんなさいね。ジョアンナ様が皇太子妃になる私に嫉妬して言いがかりをつけに来たのかと身構えてしまいましたの」

「あらやだ、エカテリーゼ様こそ、まるで皇太子妃気取りではなくて？」

じりじりと二人から距離を取ろうと後ずさると、ファエカ様が私の横に立った。

「災難だったわね。あの後、言わなくてもいいのに伯爵令嬢がエカテリーゼ様に報告して、全員が知っているわ」

怖い。早く皇太子妃候補から外れて、もう逃げ出したい。

扉が開いてチャラ皇太子が現れた。

さすがに皇太子の前でバチバチするはずもなく、エカテリーゼ様とジョアンナ様はぱっと表情を変えて殿下の元へと近づいていく。

「わー、子猫ちゃんたち、なんて綺麗なんだ」

会場に入るなりチャラ皇太子は両手を広げてチャラいことを言い始めた。

「黄色い花が咲いたようだよ。君から香る花の香りに包まれたいよ」

ハンナ様にウインクを飛ばす。

「赤い情熱的な色、私にその情熱をささげてくれるかい」

真っ赤なドレスのご令嬢に投げキッス。

「闇(やみ)に光る月の女神のようだね、美しさがひと際輝いて見えるよ」

と、一人ずつ褒めたたえ始めた。

チャラさもあそこまで極めれば立派だわ。と、遠い目になる。

「おや？　素敵なドレスだけれど、こんなドレスはあったかな？」

殿下が、私の前で立ち止まった。

「申し訳ございません殿下。私により似合うようにと、サイズ直しをしてくれたお針子たちに刺繍を提案されて、私が、許可をいたしました」

まさか、ドレスのデザインを覚えているとは思わず慌てて頭を下げる。

やばいやばい。もしかして勝手にデザイン変更とかしちゃいけなかった？

許可をしたのは私だ。責任は私にある。サリーたちが罰せられたりしないよね？

「そう、自分に似合うように工夫したんだね。ずっと素敵になったよ。というか、ごめんねぇ。こんな色のドレスしか残ってなかったんだねぇ。もう少し明るい色がよかったよねぇ？」

げげっ。皇太子に謝らせちゃったよ。め、目立っちゃうっ！

っていうか、他の令嬢の目が怖い。怖いって。こんな色のドレスしか残ってなかったとか、それって、私が残り物着てるみたいじゃん。まるで、男爵令嬢にハズレが回ったみたいな感じに殿下も思っているみたいなこと言わないでよっ。

「いいえ、私、このドレスはとても気に入っております」

嘘つけみたいな目でみんな見てる。殿下の目も不審げだ。

「私の住む領地には竹林がございます。我が領の財産でもある竹の、すくすくと成長した色のドレスはとても誇らしいです」

「竹が財産？」

皇太子殿下が首をかしげた。

うわ。キラキラがこぼれ落ちるくらいキラキラだ。どんな表情を見せてもイケメンっぷりは変わらないんだね。長いまつげが、パチパチと瞬きするたびに光を落とすようだ。って、違う、そうでなく。

「ヒューレド男爵家の領地は、耕作地の少ない小さな領地です。畑が少ない分、竹から作る竹製品が大切な領の収入源となっております。それで」

ふぅーんと、興味なさそうに殿下が声を上げる。

「ずいぶん領地に詳しいんだね？」

殿下の言葉に息を飲む。

どういう意味？　女のくせに領地のことをあれこれ言うなんて生意気だと思われた？

やっちゃったか。しまった。いや、でも、嫌ってくれるなら嫌ってくれ！

「そうだ！　いいこと考えた！」

殿下が突然手をぽんっと打った。

「ねぇ、子猫ちゃんたち、今度は僕に何かプレゼントを持ってきてくれないかい？　それぞれの領地ならではの物を期待してるよ」

へ？

殿下がニコニコ笑って皆にキラキラを振りまいている。

「僕は、綺麗な子が好きだけれど、美味(おい)しい物も同じように大好きだよ。それから美しい物も」

ええ！　チャラ皇太子。女性に貢がせるつもり？

美味しい物って、他では手に入らない高価なお菓子とかそういうもののこと？

美しい物って、その領地で算出される高価な宝石のこと？

……どっちも、男爵領にはない。

竹が財産だって言ったよね？　聞いてたよね？　そのうえでこの発言。

竹は食べられないしキラキラ輝くような美しさもない。

タケノコのシーズンも終わってるし。もういっそ、竹の皮でも持ってくるか。これで食べ物を包むと腐りにくくなっていいですよとか。……さすがに不敬か？

ううん、これって、チャンスなんじゃない？　殿下が気に入らない贈り物をすれば、皇太子妃候補から外れるのでは？　と、贈り物を何にしようかと楽しく考えていると、後ろからあざけるような声が聞こえてきた。

「ふふふ、目立とうと思ったのが裏目に出たわね」

「ほぉーんと。男爵領の財産は竹ですって？　殿下を満足させるようなプレゼントは用意できそうにありませんわね」

皇太子殿下には聞こえないけれど、私にはしっかり届く声だ。

「くすくす。残念でしたわねぇ。殿下を魅了する贈り物ならば、うちが一番でしょうね。なんといっても殿下の瞳（ひとみ）の色と同じ宝石が採れますもの」

「あら、負けておりませんわ。うちは良質な鉄鉱石が採れますから、腕の良い鍛冶（かじ）師も多く、殿下が見惚（みほ）れるような剣を用意できますわ」

など、いろいろと令嬢同士の戦いは私を横に置いて始まった。

「私は、シャンデリアを贈ろうかしら」

エカテリーゼ様の取り巻きのアンナ様の言葉に耳を疑う。

シャンデリア？

「あら、殿下への贈り物に、シャンデリアを？」

エカテリーゼ様が首をかしげる。

「ええ。エカテリーゼ様がおっしゃっていましたわよね。王宮に水晶の偽物である、ガラスのシャンデリアなどみっともないと」

エカテリーゼ様が眉根を寄せて頭上に輝くガラスのシャンデリアを見上げた。

「ええ、確かに。私が皇太子妃となったら、すぐに殿下にガラスのシャンデリアなど恥ずかしい物は本物の水晶と入れ替えさせた方が良いと言うつもりですわ」

ひゅっと息を飲む。

もったいない。ガラスのシャンデリアはとても美しいのに。水晶は透明度に差があることもあるけれどガラスは大きさも形も透明度も綺麗にそろっているから、光が全体的に同じように反射する。

それに、ガラスを排除するなど、産地であるベネチュアンとの関係が悪化していると勘違いされてしまう危険もあるんじゃないのかしら？

「ええ、ですので、私は、将来の皇太子妃のために、我が領が誇る水晶のシャンデリアを殿下に贈ろうと思いますの」

取り巻きの言葉に、エカテリーゼ様が満足げに微笑んだ。

「そうなの。ふふ、それはいい考えね」

エカテリーゼ様が皇太子妃になると信じて疑っていないのかな？

やっぱりもうすでに上位貴族の間では内々に声がかかっているのかもしれない。取り巻きの伯爵家にも「公爵令嬢エカテリーゼ様が皇太子妃になるのが決まっているから将来的に支えるように」とか言われているのかも。

「彼女、ずいぶん策略家ね」

ファエカ様が声を抑えてつぶやいた。

「え？　エカテリーゼ様のためにシャンデリアを贈ると決めたことが？」

ファエカ様が私の顔を見て、声を潜めた。

「違うわよ。エカテリーゼ様のためと思わせつつ、良質な水晶を産出する豊かな領地を持っていると殿下にアピールできるでしょう？」

そうね。良質な水晶が産出できる領地なんて魅力的だと思うでしょうね。

「しかも、殿下だけでなく王家全体のことを思っていますとか、宰相や陛下など周りの方にもよい印象が与えられるでしょう」

「それは、皇太子妃の審査は殿下が一人で行うわけではないということ？」

「普通ならそうでしょう？」

ファエカ様に言われてハッとなる。やっぱりそうか。普通は皇太子の一存で妃を決められるわけはないのだ。

だけどなぁ。チャラ皇太子はわがまま言って自分の意見を通しそうだ。いや、もしかすると側室として迎えましょうと皇太子を言いくるめて落ち着くんだろうか？

となれば皇太子妃選考会でなく、実質は側室選考会。……まぁ側室でも王家とのつながりはできるし、王子を産めば、正妃が王子を産まなかった場合はのちの国母だ。伯爵令嬢であればその座を狙うのも一つの手かもしれない。

側室……って、何人でもオッケーだよね。

うわぁやだ。皇太子妃にはなりたくないけど側室にもなりたくない。チャラ皇太子だよ。何人側室を持つつもりなのか分からないけれど、女の争いの場に入りたくなんかない。

「まぁ、殿下が他の人の意見を素直に受け入れていればこのような選考会なんて、そもそも催されることもなかったかもしれませんけれど……」

ファエカ様がため息を漏らす。

「殿下が他の方の意見をどれほど受け入れられるかは分かりませんが、陛下や宰相などに気に入られて損はありませんし」

そうか。確かに。

「それに、何よりエカテリーゼ様のためにと先に断っておいたことで、エカテリーゼ様よりも豪華な贈り物をしても咎（とが）められることはないでしょう」

ああ、なるほど。公爵令嬢が一番になるように気を使って贈り物も選ぶ必要があるってことか。

というか、私の場合、公爵令嬢のみならず十人の中で一番地味で冴えない贈り物を考えないと他のご令嬢たちににらまれるっていうことね。いいことを聞いたわ。

つまり竹製品で充分ってことね。よかった。特別に用意する必要はなさそうだわ。

「もし、殿下に一番気に入られたとしても、エカテリーゼ様は何も言えないでしょうから。うまいこと考えたわね、彼女」

ファエカ様の言葉に、アンナ様に視線を向ける。

取り巻きも大変なんだ……。むしろ、中途半端な爵位じゃなくて、最下層の男爵家でよかったと、感謝するべきかしらね？

シャンデリアに視線を向ける。それにしても……。

ガラスのシャンデリアはあんなにも美しいのに、水晶のシャンデリアにわざわざ替えさせるのか。

エカテリーゼ様が皇太子妃に……王妃になったら、ペルシーアの絨毯も取り替えなさいというのだろうか。足元に視線を落とす。つぎはぎなどみっともない。一枚の大きなものにしなさいと……。

チャラい陛下に浪費王妃の時代を想像して、背筋がぞっとする。

やばい、やばい、やばい。国が亡ぶのも目前のような気がして胸が苦しくなる。

「あー、本当にめんどくさいわよね。皇太子に何を贈れというの」

ああ、ファエカ様は嫌かもしれないけれど、ファエカ様が皇太子妃になってくれれば大丈夫そうなんだけどな。

きゃあきゃあと殿下の周りではしゃぐご令嬢。それをよい顔をせず見ているエカテリーゼ様。

殿下に時々声をかけられ、当たり障りのない返事を返す私とファエカ様。

「楽しんでいらっしゃいますか」

遠巻きに殿下と令嬢たちの様子を見ていた私たちのところに、宰相が来た。

楽しいかと言われれば、全然楽しくはない。返答に困ってしまい変な間が訪れると、空気を読んだ宰相が侍女に合図を送った。

「お飲み物でもいかがですかな？」

すぐに侍女が、飲み物の載ったカートを押してきた。お盆ではなくわざわざカートに載せて。

「どうぞ」

宰相自ら、コップを両手に取り、私とファエカ様に差し出した。

「うわ、ガラスでできたコップ。初めて見ました」

中に注がれた琥珀(こはく)色の果汁がゆらゆらと揺れているのがコップの外からも見える。色もとても綺麗だ。

「ああ、これが噂の……。私も初めてです。さすが王宮ですね」

ファエカ様も興味深げにコップを眺めている。

「ガラス製のコップは、グラスと言うのですよ。普段のパーティーではお出ししませんが、今日は特別です」

そういえば、前回は銀食器が使われていたっけ。さすが王宮だぁと思ったけれど、あれは全然特別じゃなかったんですね。貧乏男爵家では銀食器もすごく特別なんですけど。

「どう思いますかな？」

宰相から、また意見を求められた。

「わが国ではガラスが作れないですし、まだ数が入ってきていないから普段は使われないのでしょうか？　とても美しいのに普段見られないのは残念ですわ」

ファエカ様が宰相に答えた。

確かに、お城のパーティーともなれば何百人単位も珍しくないだろう。それだけのグラスを用意することは困難なのかもしれない。

「今回は、皇太子殿下が特別にもてなしたい人がこの中に？」

ファエカ様の言葉に、エカテリーゼ様を見る。

「特別に、貴重で高価なグラスを出すことで喜ぶ方、その方に決まってからお出しすればいいのに」

宰相が私が漏らした言葉に、首をかしげた。

「おや、あなたはグラスはうれしくないのですか？」

「あの、見たことがなかったもので、見ることができてうれしいのですが、使うのは緊張します。落としたら陶器のように壊れてしまうものだと聞いております」

宰相がふっと笑った。

「壊してしまうことなど気にするのですか？」

あ！　しまった！　いつもの貧乏思考が！

「いえ、あの、王宮ですから、コップの一つや二つ割れてしまっても問題ないのかもしれませんが、私は、普段は竹食器を使っておりますので。落としても割れることはないんです。ですから……慣れていなくて」

そう。普段から割れないようにと生活しているわけではないので、割れてしまう物に触れるのに緊張するのは当たり前だと思ってもらえないだろうか。

「おや？　竹食器を？」

宰相が首をかしげた。

腐っても貴族、貧乏でも貴族なのに、庶民のように木や竹でできた食器を使うなど恥ずべきことだと思われたのかな？　いや、恥ずかしくなんかないよ。竹食器は素晴らしいんだから！

「はい。我が領地では竹産業が盛んだということももちろんありますが、銀や陶器の食器に比べて優れている点もあります」

「ほう」

宰相は興味深げな表情を見せた。

これは逆にチャンスかも。宰相も選考に深く関わっているとすれば、生意気なことを言う女だ、皇太子妃にはふさわしくないという烙印（らくいん）をポーンと押してもらって、脱落できる！

よし！　思いっきり生意気に主張してしまえ！

「まずは、先ほど申した通り、陶器やガラスと違い、落としても割れたりいたしません」

「銀食器も割れないでしょう？」

確かに、確かにそうなんだけど、銀食器は高いんだよ！　うちにもいくつか賓客をおもてなしする用にあるにはある。けれど、普段使ったりなんかしない。と言うかむしろ何度売り払おうかと思ったことか。使わなくても日々の手入れが必要とかものすごくめんどくさいんだよね。放(ほう)っておくと黒くなっちゃうから磨かないといけないとか。正直、いつ出番があるか分からないし、いっそない方が楽なんじゃないかと何度も考えた。

「はい、確かに割れないという点では同じです。しかし、竹食器には他にも良い点がいくつもあります。もちろん、庶民が使える安さもその一つです」

「ふむ、安いという点は貴族にとってはマイナスではないですかな？」

あー、そうだよね。そうだよね。

貴族って見栄を張ってなんぼだもんね。

「値段だけが品物の価値ではありません。銀食器は熱い物を入れると食器も熱くなってしまいますが、竹食器ではそういうことはありません。熱々のスープを入れた器を手に持つことができます。小さな子供がうっかり触れてやけどを負うようなことも防げます。逆に、冬場の寒さが厳しい時、銀のスプーンのように冷たくて触れるのもためらわれるような場面でも、竹のスプーンはそこまで冷たくはなりません」

見栄を張って、冷たいとか熱いとかを我慢するより、普段の生活なら快適さを取りたい。

「なるほど。考えたことがありませんでしたな。熱い、冷たい……か」

宰相が小さく頷いた。竹の良さが認められたようでうれしくなった私に、宰相の言葉が耳に届く。

「一度、美しい白い木でできた食器を使ってみますか？」

木？　竹では駄目だと言うの？

「お、お言葉ですが宰相閣下、竹食器と木の食器では他にも違いがあります。竹は、そのまま火の上に置いて調理することもできます。そして調理したのち、食器として使えるのです。それは木とは違い、竹は中が空洞になっているため、切るだけで器の形となるからできることです。職人が器として形を整えなければならない木製の食器とは決定的な違いが」

宰相が笑った。

「それは、面白いですね。竹で料理ができるとは。しかし、残念ながら料理をする者はいないのですよ」

……そうだよね。領民とたき火を囲んで料理して食べる貴族とか、どこの世界にいるのだ。

宰相が笑いながら立ち去る。

悔しい。竹はやっぱり木には勝てないのだろうか。薪（まき）としても木には劣る。食器としても……。竹のボタンだって、木に勝るところなどないからこそ、文字を彫り込んで付加価値を付けたのだもの。ううん、弱気になっちゃ駄目。竹算盤（たけさんばん）を作るには竹串（たけぐし）がいる。木の細い棒ではきっと無理。すぐに折れてしまう。竹串だからできる物だ。

他にも、きっと何かできるはず。

「うちも、普段は木の食器よ。マナーの勉強する時だけ陶器や銀の食器が出てくるわ」

ファエカ様がこそっと私の耳元でささやいた。

「貴族といっても、きっと私たちとはまるで違う世界なんでしょうね……」

ファエカ様の言葉に頷く。

同じ貴族でも、まったく違う……。

騎士のような立派な護衛を持つディィラ。木こりに護衛のまねごとをしてもらうしかなかった私。

「あーあ。殿下は、政略結婚は嫌だ、好きになった人と結婚したいって言えるなんてちょっとずるいわよね」

ファエカ様が突然大きなため息をついた。好きな人とという言葉に心臓が跳ね上がる。

「ファエカ様？」

ファエカ様の横顔は、何かをあきらめたような表情だ。

政略結婚……それは貴族では珍しいことではない。全く会ったこともない人といきなり結婚することもある。小さなころに婚約を交わし、一緒に過ごすことで情を深めていければまだ幸せな方だ。

「私たち下級貴族なんて、好きになったところで、相手を困らせるだけなのにね」

ディラの顔がちらつく。困らせるつもりはなかった。これからもない。だから、もう、おしまい。

二度と会うことはない。

「あ、そうだ。さっき言っていた竹で料理ができるって、もう少し詳しく教えてくださらない？」

ファエカ様がぽんっと手を打って、明るい声を出した。

「ええ、もちろん」

ああ、皇太子妃選考会なんて嫌で仕方がなかったけれど、ファエカ様と知り合えたのはよかった。

このままお友達になりたいな。

私たちから離れた宰相は飲み物を他のご令嬢たちにも配り歩き、何か話をしている。

グラスを初めて見る人も多いだろうから、説明でもして回っているのかな？

それとも他のご令嬢にも「どう思いますかな？」と聞いているのかしら？　宰相の口癖みたいだもの。


馬車に乗り込むと、どっと疲れが出る。

だらしない格好で椅子に座り込むと、マールが心配げに声をかけてきた。

「ミリアージュお嬢様、いかがでした？」

「疲れたわ。これが、あと十回もあるの？　もうさっさと候補の人数を絞ってくれないかなぁ……」

もちろん、私は落としてください。

「大丈夫だったのですか？　その」

マールが私のドレスに視線を落とす。

「サリーが刺繍してくれたこのドレスの評判はとてもよかったわ」

マールがほっとしたように表情を緩めた。

「評判が良すぎて、嫉妬されて、大変だったのよっ！」

「あら、そうだったんですね。それはうれしい悲鳴？　もしかしたら、あのドレスを作ったのは誰かと問い合わせがあって、ご令嬢から仕事の依頼が入ることもあるかもしれませんね」

マールがニコニコ笑っている。

「そうよね！　マールの言う通りだわ！　悪いことばかりではないのよね！」

ファエカ様と知り合えたし、サリーの腕前のお披露目もできた。

それに、本物のグラスもガラスのシャンデリアも見ることができたし。

悪いことばかりではなかったんだよね。

◆第八章　領地を救う品

「な、ない！」

部屋で化粧を落とし、マールがお茶の用意をしている後ろで思わず大きな声を上げる。

「ミリアージュお嬢様、何がないのですか？」

竹色のドレスを脱ぎ捨て、いつもの服に着替えて気が付いた。

「あ、なんでも、ないわ……」

と、マールには嘘をつく。

なんでもなくない。

ない。ディラから借りたままのハンカチがない。……肌身離さず持ち歩いていたのに、どこへ……。

思い当たる節は、汚れたドレスを洗ってもらった時だ。

ドレスの内ポケットにハンカチを入れたまま渡した。

……お城の洗濯場かどこかで……ハンカチが行方不明になったんだ。

そ、そんな……。どうしよう。

お城に使いを出して、問い合わせてみる？　どうやって？

「皇太子妃選考会で落とし物をしてしまったようなのです」と？

何を落としたのか尋ねられるよね。

ぐっと唇をかむ。

ハンカチだ。指輪などの高価なものならいざ知らず、たかがハンカチ一枚。

真剣に取り合ってくれるだろうか？　城で働く人たちの手を煩わせてまで探してもらえるだろうか？

『ハンカチをなくしたのかい？　子猫ちゃん僕が新しいハンカチをプレゼントしてあげるよ』

ふと、皇太子の顔が思い浮かぶ。城に問い合わせたら、チャラ皇太子なら、それくらい言って新しいハンカチを贈ってきそうだ。

目立とうと思ってとか、同情を引こうと思ってとか、もしハンカチが贈られてきたらご令嬢たちから反感を買うだろう。

大切なハンカチなんですと、説明もできない。

好きになった人に貸してもらったハンカチで。唯一私に残された思い出の品だと……。

マールにすら言えない秘密なのに。

……。駄目だ。お城に問い合わせの使いを出すことはできない。

「どうぞ」

テーブルの上に、マールがお茶を置く。

陶器でできた赤い小花模様が描かれた白いティーカップだ。

普段は竹製の食器を使っているけれど、時々こうして陶器の食器も使う。特別な日や、テンションを上げたい時などに。

「お疲れでしょう、お嬢様。はちみつも入れてありますよ、ゆっくり休んでください」

マールがにこりと微笑(ほほえ)んでドレスを片付けるために部屋を出ていく。

「ありがとう、マール」

きっと、今の私の顔色が優れないから、マールは私の気持ちを上げようと特別に陶器のコップで出してくれたんだろう。ちょっとした気遣いがうれしい。

はちみつ入りの紅茶を口にすると、少しだけ気持ちが落ち着く。

すぐに探しに行きたいけれど……次に城に行った時に聞いてみよう。

来月も皇太子妃選考会に行くんだし。二時間前には会場入りするのだから。

侍女さんに、前回落とし物をしたと言うくらいなら怪しまれることはないよね？

……紅茶の湯気が立ち上り、視界がもやっとする。

もし見つからなかったら……。

ハンカチがなくなってしまったのは、ディラのことはもう忘れろっていうこと？

「ディラ……」

思い出の品は手元からなくなっても、思い出は残ってる。

……ディラ……。本当は、また会いたい。

ハンカチを持っていればまた会えるような気がしていた。——そんなわけないのに。

「これ、ありがとう」って。ハンカチをディラに返す日のことを想像する。

それだけで、夜、少しだけ幸せな気持ちで眠ることができたのに……。

次の日の昼食は、屋敷の外でとった。

「いいから、ミリアージュお嬢様も試してみてくださいっ！」

興奮気味のマールに手を引かれて屋敷の外、村の広場へと連れていかれる。

「こっちが、いつもの薪、こっちが、この間の黒い竹で焼いた肉です。食べ比べてください！」

炎が立ち上がる薪のところには、串に刺した肉が火の横に置かれている。炎が立ち上がらない黒い竹のほうでは、黒い竹を熱に強い入れ物に入れ、その上に串を渡して焼いている。

串を置く場所の違いがあるのは分かるけれど、他に何が違うの？　焼ける時間が違うとか？

「じゃあ、いつものほうから」

かじると、塩味のいつもの肉だ。

ナイフとフォークなどを使わず串を持って肉をそのままかじるのは、貴族の令嬢としてどうなのかというのはなし。

庶民の通う学校に通っているんだから、屋台とかで買い食いすることもありますよ。そりゃ。

あ、屋台か……。屋台で火を使うなら、薪で炎が上がるものよりも、こうして炎と煙が上がらない黒い竹の方が便利なんじゃないのかな？　売り込むならそのあたり？

「次は、黒い竹のほうね」

ぱくりと口に入れた瞬間、目を見開く。

「え？　ええええ？　何？　こっちは何の肉？」

違う。美味しい。高級な肉？

「不思議ですよね。同じ肉なんですよ。本当に不思議ですよね」

マールが黒い竹で焼いた肉を食べて満面の笑みを浮かべている。

これはすごい。それこそ屋台なら炎も上がらなくて売れそう。

「でも、問題もあるんですよね」

「問題？」

「なぜか、お湯を沸かすのに薪の何倍も時間がかかるんですよ」

へ？

「不思議ですよねぇ。不思議なんです」

マールはハムハムと肉を食べながら首をかしげる。

「だけど、逆に煮込むときには火が強くなりすぎないように気にしなくてもいいから便利なんですよ。焦げ知らず」

なんと。

「じゃあ、沸騰するところまでは薪で、そのあと黒い竹でって感じで使えばいいんじゃない？」

それから領民たちが研究した黒い竹の話をいろいろと聞いた。屋台ももちろんだけど食堂とかでも使えそうだ。

一般家庭では料理よりも冬場の暖を取るのに適してそう。なんせ、炎が立ち上がる心配がないから、暖炉のない部屋でも暖めることができる。それってすごいことだ。黒い竹を入れた鉢か鍋などを置く場所さえ確保してしまえば、火事の心配なく部屋の中で火が使える。

宿屋でも愛用されるかもしれない。

暖炉のあるお屋敷に住む貴族にもメリットはある。足元が冷えるときにテーブルの下に置いて食事をすることができる。

どれくらいの量でどれくらいの時間持つのか、どれくらいの火力があるのか。

ただ、問題もあるようだ。竹の形のままだと、くべにくい。ある程度割って使う必要がある。

粉になってしまったものは、風で飛ぶので危険。燃えてないように見えてもしっかり火が残っているからだ。

……あれ？　割って使いやすい形にする？　竹よりも、木の方がくべやすい形だ。

ってことは、黒い竹じゃなくて、黒い木を作ったほうが便利なんじゃない？

そうすると、処理に困った竹の処分ということからずれて……。

うーん、うーん。と、とりあえずまずは竹ね。そのうち木でも作ってみるとして、それはまた後でということでいいよね。後でどうするか考えよう。

まだ、黒い竹を作る方法も確立できてないようだし。……どうやら五回に一回程度しか成功しないらしい。失敗したものは、灰になってしまっているか、色こそ黒っぽくなっているが、性質は黒い竹とは違って、単なる燃えかけの竹の状態らしい。

木は薪になる。失敗して無駄にするのももったいないから、破棄予定の竹で黒い竹を確実に作れるようになってからでも遅くない。なかなか成功率が上がらないのは悔しいけれど、作るのが難しければ難しいほど……私にとってはうれしい。

領民たちの技能となるからだ。他の人がすぐにはまねできないことに意味がある。

「黒い竹をさらに加工……できないかしら？」

さらに価値を高める。便利な形状に……。

私の言葉に、すぐに一緒に肉の試食をしていた領民たちから声が上がる。

「考えてみましょう！」

「黒い竹を燃やすための入れ物も考えるといいな。上で料理ができるように」

「鍋も置けるようにな。いや、お湯は沸きにくいから肉を焼くことを考えた方がいいか？」

「空気を送る穴もいるだろう。効率よく燃えるような置き方もあっただろう？」

「冬場に足元の暖を取れるような入れ物もあるといいな」

領民たちがワイワイと活発に意見を出し合う。

うん。開発の続きは任せても大丈夫そう。ということは、私があと考えることは……。

「販路」

イニシャル入りのボタンはうまくネウスさんに売り込んで、兵たちに愛用してもらえそうだとマールが言っていた。

黒い竹……。屋台に宿に……一軒ずつ回って売り込むにしろ、今まで薪を扱ってくれていた業者に売り込むにしろ……王都へはしばらく行かないからまだ先になるわよね。

まったく。皇太子妃候補になんてなったせいで自由に王都へも行けないなんて。

まぁ、どちらにしても、まだ安定供給できるほど生産できないからいいけれど。

うーん。逆に安定して供給できないことを逆手に取って希少品として売り込めないかしら？

ああ、こんな時に高位貴族とのつながりがあれば貴族の間で噂が広がるんだけれどな。

親しくしている貴族なんていな……ん？

高位貴族ではないけれど、ファエカ様にプレゼントしようかな。確か、ファエカ様は遠方の……冬が厳しい土地が領地じゃなかったかしら？

実際に冬場に使ってみた感想をもらえるかもしれない。

皇太子妃選びが終わった後も手紙などでやり取りできないかしら？　お友達というほどまだ親しくはないけれど、友達になりたいな。

って、待って。遠方の領地へ送るとなると……輸送のことも考えないと駄目よね。

サイズが小さくて軽いといい。軽さに関しては普通の竹に比べて半分以下どころか四分の一以下と軽い。サイズは空洞が多くてかさばる……だめねぇ。遠方へ輸送して使うには向かないか。

そうなると木で作ったほうがいいってことになる。それでもやっぱり遠方に輸送するコストを考えると、地元で採れる木で充分っていう結論になっちゃうわよねぇ？　となると、王都への売り込み中心になる。

そうだ、販路といえば、竹算盤もどこに売り込むべきか。

竹算盤、きっと便利だし欲しいと思われても、普及し始めれば貴族は竹以外でできた見目美しいものを求めるようになるだろう。ボタンのような部品を、貝や石、水晶やガラスや陶器、あらゆる物で作らせるかもしれない。実用性を重視したものとは別で。

だとしたら、高級品として売るのは悪手だろう。見た目でまずはじかれてしまいそうだ。誰もが買えるというほど安くはないけれど、ちょっとお金のある商人くらいなら手が出る、それくらいの価格設定で、商人から広めるのがいいかもしれない。

とすると、ちょうどお金持ちの商人の子息が通う学校から広めるのも手？

でも今は学校にも行けないんだよね。って、まだ竹算盤も試作段階だから焦っても仕方がない。

今度マールが街に竹製品を売りに行く時に、孤児院に寄ってもらって竹算盤の使用感想を聞いてもらって、改良ね。ボタンの数だとか串の数だとか大きさだとかの他に、綺麗(きれい)に着色した物とか、少し見た目の凝った物も作るといいのかもしれない。

◆第九章　皇太子妃選考会は三度やってくる

「ミリアージュ様、今日もお綺麗(きれい)ですわ」

黒い竹の研究に明け暮れ、あっという間に次の皇太子妃選考会の日がやってきた。

「んー、なんか忘れてるような気がするんだけれど……」

何か大切なことを忘れてる気がする。なんだったかなぁ？

「忘れ物はありませんよ、しっかり準備させていただきました。ファエカ様に喜んでいただけるといいですね」

と、マールが自信満々に、竹籠(たけかご)に入ったファエカ様への手土産(みやげ)を持ち上げてみせた。

竹籠には白いレースを施した布を敷いて中にプレゼントを入れてある。竹で作った新商品の試作品だ。使った感想をもらえたらいいなぁというのと、本当にいい物だから使ってほしいという気持ちでプレゼントとして持っていくことにした。

ああ、早く皇太子妃選考会会場に行きたい。

不思議。行きたくない、行きたくないと、あれほど思っていた皇太子妃選考会なのに。こんなにも早く行きたいと思う日がくるなんて。

ファエカ様にプレゼントを渡したい。そして……。

ディラのハンカチを探したい。

あれから移動に使った馬車の中とかも探してみたけど見つからなかった。お城に、汚れたドレスを洗濯してもらった時に一緒に洗濯室とかで行方不明になったことは間違いない……と思う。

取っておいてくれているかな。ハンカチには刺繍もしてある。Ｒの文字……。

落とし物だと気が付いた侍女が、Ｒの文字を手がかりに持ち主を探したかもしれない。

私の着ていたドレスから出てきたと誰かが気が付いて、今日渡してもらえないかなぁ……。

でも、ミリアージュならＲのイニシャルはおかしいって思って気が付いてもらえないかも。

とりあえず聞いてみないと。一か月も経っているし……処分されてなければいいけれど。お城では落とし物などはどうしているのだろう。

どうか、見つかりますように。見つかるかもという期待と、見つからないかもしれないという不安が心の中でぐるぐると渦巻いている。

馬車の中、お城に近づくにつれて見つからないかもという不安が大きくなってきて、緊張してきた。

「大丈夫ですよ。ミリアージュ様から聞いているファエカ様の性格でしたら、決して馬鹿にするようなことはありませんよ」

マールが、ファエカ様に贈る籠をぎゅっと握りしめ、緊張した表情をする私に声をかけてくれる。

「うん、そうよね。これ、気に入ってもらえるかな」

緊張している理由は違うけれど、マールに言われて思い出した。

そうだ。これもあった。竹で作った新製品。領内から持ちだすのは初めてのことだ。つまり、領地で竹とともに生きている、開発に携わった人以外に見せるのが初めて。領地の人間は関係者ばかりだから、欲目もある。いったいどんな評価を下されるのか、そっちもちょっと緊張するよね。

緊張をほぐそうと、ふーっと、大きく息を吸って吐き出した。

少し気持ちが落ち着くと、なんだかもやっとした感じが頭をよぎる。

……ん？　なんだろう。やっぱり、何か忘れているような気がする。何だろう？


二時間前に入城。

今日は、嫌がらせ令嬢たちの姿はない。

ほっと息を吐きだし、壁際に並んだ椅子（いす）の一つに竹籠を持って向かう。

ファエカ様への土産はどこかで預かってもらおうかと思ったのに、なぜか「そのままお持ちください」と案内係に言われて会場まで持ってきたけれど……。せっかく皆が来る前に洗濯部屋に行って、ハンカチのことを聞こうかなと思ったのに、これを持ったままじゃさすがに行けない。

会場に置いておいて、後から来た令嬢に嫌がらせで何かされても困るし。

帰りでいいかと、あきらめて椅子に座ろうとしたところで、ファエカ様が両手で箱を抱えて入ってきた。

おや？　ファエカ様も荷物を？　もしかして私への手土産？　と一瞬期待したものの、ファエカ様の言葉で固まった。

「ミリアージュ様の殿下への贈り物はそれですの？」

と、私の持つ竹籠を指さした。

「！」

で、殿下への、贈り物？　うわーーーーっ！　すっかり、忘れてた！

そうだった、そうだったぁぁ！　なんか忘れてると思ってたの、それだぁー！

もう、もう、これっぽっちも覚えてなかったぁ！

「竹が産物だと言っていましたものね。その籠も竹から作ったものですのね。そのように布で飾るとかわいいですわね」

ファエカ様の言葉にあいまいに微笑む。心の中では嵐が吹きすさんでいる。

いやぁ、本当に忘れてた。何か忘れてるような気がしたはずだ。入り口で荷物はそのままお持ちくださいと言われるわけよね。

今日は皆、殿下へのプレゼントを持参で集まることになってたんだ。ご令嬢の一人がシャンデリアをプレゼントするとかなんとか言ってたあれだよ。すっかり忘れていて何も持ってきてない。

ど、どうしようか……。ファエカ様にと持ってきたこれをプレゼントにするしかないか……。し、仕方がない。ファエカ様にはまた次回持ってこよう。

とはいえ、これをプレゼントしても大丈夫かな？　忘れましたって言うよりはまし？

「中には何が入っているんですの？」

ファエカ様に尋ねられて、少し上にかぶせてある布をめくって見せた。

「え？　えーっと……」

ファエカ様が絶句する。そうだよねぇ。

殿下への贈り物……というには、なんというか、見た目は地味を通り越して汚らしいというか。華やかさゼロ。まぁ、それをファエカ様に手渡そうとしていたわけだけど、使い道を教えたら喜んでもらえると思ったからで。

しかも、実用品だからね。殿下が使うわけないよね。不敬だ！　とは言われないだろうけれど……。宰相も言ってたもんね。「料理する者はおりません」って。

ああ、もう、仕方がない。せっかくだ。殿下ではなくて周りの人にアピールできるだけしよう。販路確保のいい機会だと思おう。幸いにして、公爵家ご令嬢やら伯爵家ご令嬢やら、そうそう宰相もいる場だし。一人くらいは「いいですわね」と価値を認めてくれて買い手がつくかもしれない。使ってもらえれば良さは分かってもらえると思っている。……チャラ皇太子は全く興味を示してくれなかったとしても。

となれば、実際に目の前で実演したほうがいいのかな？

肉とかあれば良さが分かってもらえるんだけれど、さすがにそれは無理かなぁ？

そんなことを考えていると、次々にご令嬢たちが荷物を持って会場に現れる。

あの形は剣かしらね？　殿下の前で剣を抜くことはできないはずだけれど、どうやってお渡しするのかしら？　持ち込みが許可されているということは問題なし？　あの方は、小さな包み。宝石類かしら。

他（ほか）の方の贈り物を想像すると不安になってきた。

でも。ちょうどいいと言えばちょうどいいかな。自分より爵位が上のご令嬢よりも立派な物を贈るのも、にらまれる要因になっちゃうし。これくらいがちょうどよかったと思おう。うん。

あ……。ざわりと他のご令嬢もざわめく。

「すごいわね」

ファエカ様が、数十人の男たちが持ち抱えて運び入れている大きな布包みを見て絶句する。

荷物は部屋の真ん中より少し後ろに置かれた。そのあとに、エカテリーゼ様の取り巻きの伯爵令嬢アンナ様が姿を現す。

「そうですね。本当に、シャンデリアを用意したんですね」

と、ファエカ様に答える。

それからしばらくして美しく装飾された小箱を持ったエカテリーゼ様が入ってきた。すぐに、部屋に置かれた大きな布包みに目を留めた。

「これは、誰が？」

他のどのご令嬢の贈り物よりも大きくて目立つ。インパクトは計り知れない。もしかすると、私より目立つつもり？　と内心穏やかではないのかもしれない。

「エカテリーゼ様、お約束のシャンデリアですわ。とびきり良質な水晶をふんだんに用いて作らせましたの。エカテリーゼ様に喜んでいただきたくて」

にこりと笑って、アンナ様がエカテリーゼ様の元へと近寄った。

「あら、こんな短期間によく準備できましたわね？」

エカテリーゼ様が満足げに微笑んだ。

「それはもう、将来の陛下や王妃様のためですもの」

ニコニコと笑う伯爵令嬢。

「私には、将来の王妃になるためですものと聞こえて仕方がないわね。でなければ、さすがにあれだけの大きなシャンデリアを作るために必要な良質な水晶を、短期間でかき集められるはずないと思うもの」

ファエカ様が耳元でささやく。

「そうですよねぇ……皇太子妃の座を狙（ねら）っていなければ、贈り物にあそこまで力を入れるわけありませんよね」

私なんて、すっかり忘れていたくらいですし。

「そういえば、ファエカ様は何を持ってきたのですか？」

「もらってから、ずっと大切にしてきた、宝物よ」

ファエカ様が目を細めた。

「宝物を？　いいんですか？　その……」

皇太子妃になるつもりはないのに、そんな大切なものをと言いそうになって言葉を飲み込む。不敬になっちゃうところだ。

「もう、そろそろ……気持ちに区切りをつけないといけないみたいだから……」

「気持ちに区切り？」

切なそうな微笑みを浮かべるファエカ様に、それ以上聞くことができなかった。

「子猫ちゃんたちに会えるのを待ちわびたよ」

定時になり、チャラ皇太子が……おっと、呼び方、呼び方、殿下がいらっしゃった。

「今日は、子猫ちゃんたちが僕にプレゼントがあると聞いてね」

は？　持ってこいと命じたのはそっちだよね。……忘れてたけれど。

「とても楽しみだよ。抱えきれないから、テーブルに置いてくれる？　等しく受け取るからね」

ニコニコと笑っている殿下。

等しくねぇ。本当に等しく受け取ってもらえるのかしらね？

私が持ってきたものも顔色を変えずに受け取ってくれるなら大したものだけれど。

美しいものが好きだと言ってた殿下が気に入るとは思えない。

むしろなぜこんなものをと言われそう。ああ、忘れていなければ、もっとましな物を用意したのに。

ん？　うちの領地、殿下にふさわしい価値があり美しい物……。うん、ないかも。

「ランディー殿下のために、殿下の瞳と同じ色の宝石、その中でも飛びきり透明度が高く光り輝くものを選び抜いてお持ちいたしましたわ」

一人目が、一つめのテーブルの上に置いた手のひらに載るほどの箱の蓋を開いた。

もちろんエカテリーゼ様だ。みな空気を読んで、我先にと殿下の元へ行くことはない。

「これはすばらしいね、ありがとうリーゼ。だけれど、僕の瞳の方が、宝石よりも綺麗だろう？」

何を言うか、チャラ皇太子……。

瞳がよく見えるようにと、エカテリーゼ様の顔を覗き込むようにして顔を近づける。見つめられてこくこく首振り人形のように首を縦に振り続ける公爵令嬢。あら？　エカテリーゼ様が照れている？

それにしても、自分の瞳のほうが宝石より綺麗と言い切る殿下もすごいけれど、それよりも、エカテリーゼ様が持ってきた宝石に目が釘付けだよ。美しさもさることながら大きさもすごい。

いったいいくらするんだろうか……。こぶしほどの大きさがある。

「リーゼの領地では宝石が採れるんだということがよく分かったよ。僕の瞳の色以外にも、美しい僕の子猫ちゃんたちの瞳の色の宝石は採れないのかい？」

エカテリーゼ様が一瞬むっとした表情を見せ、すぐににこやかに笑って答えた。

「色々な宝石が採れますわ。私の着ているドレスに合う真っ赤な宝石も、私の瞳と同じ緑の宝石も」

「そう、じゃあ、今度は僕がリーゼの瞳の色の宝石を買ってプレゼントしようかな」

にこっと笑うチャラ皇太子。エカテリーゼ様が満足したように微笑み返す。

「まぁ、うれしいですわ殿下」

また、無駄遣いしようってのか！　思わずイライラとしてしまう。

エカテリーゼ様も、いいえ、殿下の宝石のような瞳を見ているだけで満足ですわとか言って断ってよ！　国庫から出るお金だよ！　エカテリーゼ様が皇太子妃に決まっているっていうのが本当だとしたら、二人が王と王妃になるのが本当に不安。

次のご令嬢が待つテーブルへと殿下が移動する。

「おや、これは服だね」

「はい。恐れながら、先日殿下にプレゼントしていただいたドレスと同じ色に染め上げたシルクで仕立てました」

テーブルの上には紳士服が何着か置かれている。礼服とガウンとシャツと。どれもスカイブルーに染められている。

「子猫ちゃんのドレスと同じ色なんだねぇ。二人で並んだ姿は絵になるだろうね」

殿下が満足げに微笑み、服に手を伸ばした。

「上等なシルクだ。君の領地の産業？」

「はい」

恭しく頭を下げるご令嬢。

「あら、おかしいですわね。確か彼女の領地の特産品はジャガイモで、シルクは国内流通量のほんの数パーセントにも満たなかったのでは？」

「やだわ。ジャガイモを殿下にプレゼントするのが恥ずかしくて、まるで騙すようなことを」

別のご令嬢たちのつぶやきが聞こえたのか、シルクの服を持参したご令嬢が顔色を悪くする。

「そうなのかい？」

皇太子の質問に、ご令嬢が顔を真っ赤にした。

「ふふ、可愛い子猫ちゃん。僕を喜ばせようと、領地でいろいろ探してくれたのかな？　うれしいよ。だけれど、君の領地をうるおしているのはジャガイモなのだろう？　美しい子猫ちゃんを育てたのがそのジャガイモだと思えば、僕はジャガイモをもらってもうれしかったよ」

パチンと音がするくらい綺麗なウインクを皇太子は決めた。

「ありがとうございます殿下、こ、今度はジャガイモで作った美味しいお菓子をお持ちいたします」

「ふふ、可愛いことを言ってくれるね。期待してるよ」

……。今度だぁ？

やめてくれ！　来るたびに何かお土産持参が暗黙のルールとかになったらどうしてくれるっ！

まぁでも、ジャガイモなんてもらってもうれしくないからシルクを持ってきてありがとうとか言わなかったのは、ちょっと見直したかな。

いや、いや。ぶんぶんと首を横に振る。チャラ皇太子だよ。心にもないことを言って女性を喜ばせてるだけだよ、きっと。うん、でも、これで私が持ってきた物を見て不敬だと処罰されるようなことはなさそうだ。いや、でもむしろ不敬だから候補から外すと言ってもらった方が。

「さぁ、次は何かな？」

殿下の前に、アンナ様が立った。

「殿下、こちらですわ。私には運ぶことができませんのであちらでお渡ししたいのですが」

「これは大きな品だね。いったい何かな。楽しみだよ」

殿下が立ち上がり、アンナ様とともに部屋の中央より少し後ろに置かれた布の包みまで歩いていく。

アンナ様が布を取り去ると、巨大なシャンデリアが姿を現した。

「こちらの部屋に使われているシャンデリアは、水晶ではなく水晶を似せて作られたガラス製だと伺いましたわ」

その言葉に、置かれているシャンデリアを見下ろしていた宰相が小さくため息をついた。

ガラス製だと話をしたことを後悔しているのかな？　それとも大きな声で言われたことにショックを受けたのかな？

アンナ様はまるで宰相の様子を気にすることもなく殿下に向けて声を張り上げた。

「我が領地では良質な水晶が産出されますの。ですから、殿下のお住まいになっているこの王宮がより素晴らしい物になればと思い、持ってまいりました」

一瞬の間が空いた。

チャラ皇太子も、さすがにこのような巨大で高価なものを持ってくるとは思っていなかったのか。

「ありがとう、子猫ちゃん。領地の特産品というだけでなく、そして、僕だけのことではなく王宮を使用するすべての者のことまで考えてくれたんだね。宰相の話もちゃんと聞いて覚えていてくれたんだね」

殿下の言葉に、ご令嬢たちから様々な声が上がる。

「やられましたわ。あれには勝てそうにありません。殿下だけではなく宰相閣下や他の方々の心もつかむことができたことでしょう」

「大きくてインパクトがあるだけでなく、美しさもありますもの。考えましたわね」

「わが国の王宮に偽水晶など似つかわしくありませんし、競争相手であれよくやったと思いますわ」

ああ、みんなガラスのシャンデリアはよくないと思っていたのか。

宰相の顔を見る。……よくないと思われる話を、皆にしたのはどうしてだろう？

黙っていれば、天井からぶら下がっているシャンデリアに使われているものが、ガラスか水晶かなんて分からないのに。

もしかして、こうしてプレゼントされて経費を浮かそうと思ったとか？　絨毯も、だいぶ節約してるし。

だけど、私は、ガラスはとても綺麗で好きだったんだけどな。水晶よりも鋭い光り方で、ぴかぴかしてて……。

「君のプレゼントは何かな？」

次のご令嬢は剣を。良質な鉱石から腕の良い鍛冶師が打ち出す武器が売りの領地だそうだ。

続いて、甘いお菓子。はちみつがよく採れるそうな。……どれも貴族が好みそうな品が続く。

……そういうものがよく採れる領地なのかと思えば、シルクのご令嬢と同じで、皇太子殿下への贈り物にふさわしいであろう物を領地から探し出したようだ。

贈り物を渡す順番は、暗黙の了解で爵位の高い者からだった。爵位が高い者の領地はそれなりに良いものがある。……そりゃ、領地を与えるときに、低い身分の者にいい土地を与えるわけがないのだから当然だ。

残り二人になった。私とファエカ様だ。

「この選考会でのプレゼントの評価の一番は彼女じゃないかしら」

「残念だけれど彼女ね。エカテリーゼ様の宝石も美しかったけれど、シャンデリアには勝てませんわ」

私とファエカ様はろくな贈り物を持ってきてないだろうと、はなから相手にならないと思われているのか、何を持ってきたのかすら興味がないようだ。

ご令嬢たちはすでに、誰のプレゼントが一番だったかと品定めを始めた。

エカテリーゼ様が負けているという話も耳に届いているはずなのに、エカテリーゼ様はまったく気にしていないようだ。ファエカ様の言っていたように、自分のためのシャンデリアだと思っているからなのだろう。

ファエカ様は北の辺境の冬が長い土地の子爵家のご令嬢だ。読んだ本を思い出す。

特産物となっている物は何かあっただろうか。確か、強いお酒と、大きな魚を干したやつだっけ？いや、宝物だと言っていたから食べ物とは違うんだろう。

テーブルの上に置いた箱の前に、殿下が立つ。

箱の大きさは、背負い籠くらいで、両手を回して抱えてなんとか持ち運べるようなものだ。

殿下がいつものチャラさでファエカ様に声をかけた。

「子猫ちゃんは何を僕に持ってきてくれたのかな。ああもちろん子猫ちゃんが僕のために選んでくれた物だと思うだけでうれしくて胸がいっぱいだよ」

本当に口がうまいよね。チャラ皇太子。子爵令嬢が持ってこられる物は、大したものじゃないと分かっていての言葉だとしたら。いや、素かな。

ファエカ様が箱の留め金をはずした。すると、花が開くように箱の四方の板が倒れ、中身があらわになる。

「ひっ」

「ああ」

令嬢たちが小さく悲鳴を上げて顔を背けたり、よろめいたりした。

「こ、これは……」

箱の中には、熊の頭が入っていた。

さすがの皇太子も顔を引きつらせるかと思ったら、ちょっと驚いて固まってはいるものの顔はゆがめていない。

「我が領では熊や猪などのジビエ料理が盛んに食べられます。残念ながら、今回は急なことでもあり、遠く離れた領地から新鮮な肉を取り寄せることはできませんでしたので、頭のはく製をお持ちいたしました。勇敢な狩人の証として、部屋に飾る品でもございます。殿下の勇敢さをたたえる意味を込めましての贈り物でございますわ」

ファエカ様はにっこりと笑って説明を終えた。

まさかの、熊の頭。あれが宝物？　もらったと言っていたけれど、あげる方もあげる方で。それを喜ぶファエカ様も……。もしかして、気持ちに区切りをつけるというのは、いつまでも貴族令嬢らしくないものを愛でるのはやめようと決心したということなのかしら？

「殿下があれで喜ぶとでも？」

「田舎貴族の考えそうなことですわ。どうせ殿下に差し上げる物が何もなくて苦肉の策でしょう」

「汚らわしい。よくもあんなものを持ってこられたわね」

ご令嬢たちが口々に批判している。

先ほどは驚いて顔色を悪くしていたというのに、案外精神が図太い人が多いんだと、ちょっとばかり感心する。

え？　私？　全然平気。貧乏領地だもの。

当然山でとれる獣も大切な食糧。あんなに大きな頭の獰猛そうな熊はとれないけど。主に猪や鹿や山鳥や兎。祭りともなれば、領民に交じって、丸焼きにされた猪を囲んで食事するの。

「ふふふ、ははは。最高だよ子猫ちゃん。気に入った」

殿下は今まで、褒めるだけだったのに「気に入った」と発言し、手を伸ばして熊の頭に触れた。

「今までの品は、どれも見たことがあるものばかりだったからね。熊の頭は初めて見るよ。ありがとう子猫ちゃん。ふふ、すごい牙だね」

ファエカ様が、唖然としている。気に入られるとは思っていなかったという表情だ。

……気に入られる気、ゼロですね。ええ、私には分かりますよ。

そして、まさか殿下から気に入ったなどという言葉が出るとは思わなかったのはファエカ様だけではない。周りで散々熊の頭を馬鹿にしていたご令嬢たちも唖然とした表情をしている。

エカテリーゼ様は、目だけを出して扇で顔を覆ってしまった。人には見られたくない表情をしているのだろう。出ている目に怒りの色が見える。

ファエカ様が少し遠い目をしながら、熊の頭の下の引き出しを開けて布包みを取り出した。

「それから、もう一つお持ちいたしました。我が領でのみ生息している特別な鶏の肉です。筋肉質で弾力が強く深いうま味のある肉でございます。王都の屋敷で飼育していたものを、今朝絞めて持ってまいりました。飛びきり新鮮なものになります」

「肉……」

さすがに、生の肉を出されて、殿下は閉口した。

料理など、完成した物しか食べたことはないだろうし。

あれ？　これ、チャンスなんじゃないかしら？

「ファエカ様、焼いて食べると美味しいでしょうか？」

閉口した殿下を前にファエカ様に話しかける。本当は不作法なんだけれどね。

初日に、殿下が学園と同じで身分の上下関係なくとか言ってたから、大丈夫でしょう。

「ええ」

ファエカ様が頷いた。

「では、殿下、私からの贈り物として、その肉を美味しく焼くことができる、新しい薪をプレゼントいたしますわ」

テーブルの上に置いた竹のバスケットにかぶせていた布を取り、中から壺を取り出す。

壺の中には、新しい薪が入れてある。

「何あれ。真っ黒な石？」

「いやだわ、アレが贈り物だなんて」

「薪と言っていたわよ、薪って、火をたくあれでしょう？」

「くくっ。どうやらファエカ様のように奇をてらったけれど失敗したようね」

殿下がきょとんとして壺の中に入った黒い竹を見ている。

「これは、成型竹薪（せいけいたけまき）と申します。実際に御覧になったほうがよく分かるかと思います」

殿下の後ろに立っていた宰相も、興味深げに壺の中を覗き込んだ。

「成型竹薪？」

うん。思いがけず宰相の興味も引くことができたらしい。

これは本当にラッキーかも。新製品をアピールする絶好のチャンスだ。このまま良さを見せれば。

「火種を貸していただけますでしょうか？」

私の言葉に、殿下が首をかしげた。

「薪なのに、暖炉にくべるのではなく、火種？」

頷くと、すぐに殿下が宰相に視線を送る。

宰相が侍女に指示を出すと、すぐに暖炉から火種となる燃えている小さな薪のかけらを持ってきた。

それを、壺の中に入れてもらう。火種の燃えている薪が、成型竹薪と名付けた黒い竹の上に落ちる。

成型竹薪……。

これは、黒い竹を輪切りにし、その中に粉にした黒い竹と糊（のり）を練ったものを詰め込んだものだ。中央には空気が通る穴があけてある。

竹の形のままでは使い勝手が悪い。割るとどうしても粉になるものが出てくる。いろいろと試行錯誤（しこうさく）

誤してたどり着いたのが、成型することだった。

形も大きさもそろえることで燃焼時間が分かりやすくなる。また、火力の調整も容易となった。

竹独特の形、中がスカスカの問題も粉にしたものを詰めたことで問題なくなった。

その上、形がそろったことで運びやすくもなったし、専用の燃焼用の壺や鍋なども作り出すことができた。

風を送ると、すぐに薪から成型竹薪へと火が移る。黒い竹が赤く夕日のように色づく。

宰相は、焦った様子で侍女や護衛に指示を出していた。

そうよね。普通ならば机の上で火を燃やそうなんて頭のおかしい人間のすることだろう。

炎が燃え上がり火事になってしまう危険がある。いざという時のために消火するための水や布などを用意させているようだ。それでも、宰相は今すぐに火を消せと止めることはしない。よかった。

これで、成型竹薪の良さを伝えることができる。

壺の上に網を載せ、その上にファエカ様の持ってきた肉を置く。

「まだ、煙も出ていないし炎も上がっていない、早いんじゃないのか？」

殿下が首をかしげた。

「大丈夫ですわ。これが、この成型竹薪の特徴ですの」

殿下ににこりと笑ってみせる。

「大丈夫なわけないじゃない。正気なの？　あんな壺で火をたくなんて」

「そうですわ。万が一炎が大きくなって殿下にやけどでも負わせたらどうするつもりなのかしら」

周りの令嬢が距離を取って何やら言っているのを無視して殿下に話かける。

「手を近づけてみてください。熱を感じることができるかと思います」

殿下は言われるままに手を壺の近くに差し出した。

「燃えているのに、煙も炎も出ません。この成型竹薪の特徴です。煙も炎も出ないので、このようにかまども暖炉もなく壺や鍋の中で火をおこし料理をしたり暖を取ったりすることが可能で」

質問されたのをいいことに、黒い竹から作った成型竹薪のいいところをアピールする。

周りの人も聞こえてますよね～。宰相も聞いていますよね。あ、足元が冷える時のことも説明しないと。いい品ですよ。貴族が使うにふさわしいですよ。食事中にテーブルの下に置くこともできますからね。

「室内に持ち込むこともで……むぐぐぐっ」

突然、殿下の手が伸びて私の口をふさいだ。

「それ以上言うな」

えええ、なんで、なんで、突然口をふさがれちゃったの。

私、不敬な発言とかしてないよね？

「ハマルク、連れていけ、これを持って連れていけ！」

殿下が宰相に声をかけた。宰相は護衛兵たちにさっと命令を出し、私は両脇を護衛兵に固められ、別室へと連行された。

ちょ、なんで、なんで。

「くすくすっ。いい気味」

「部屋で火をおこすなんて馬鹿なことをしたからよ。火事になったらどうするつもりだったのかしら」

「ざまぁ見ろね。これであの子は失格ね」

令嬢たちのあざ笑う声が聞こえてくる。

失格？　それは、なんか、身から出た錆じゃなくて、棚から牡丹餅。……うれしいかも。


……なのにどうしてこうなった。

別室に連れていかれた私。

不敬なことでも口にしてしまったのかと身構えたものの、連れていかれたのは客間。

親しい者を招いてこじんまりと会食を楽しむような部屋だ。

部屋の中央にある円卓の上には、私が持ってきた壺。

網の上ではじゅうじゅうと肉の焼ける音。ファエカ様が持ってきた鶏肉。

下座に腰かける私の横には、ハマルク宰相が。

上座には、ランディー殿下が座っている。その隣にはいつ現れたのか将軍の姿が。

若くして将軍まで上り詰めただけあり、二十代とは思えない迫力がある。

「見事に炎は立ち上がりませんね」

将軍が口を開く。

肉から脂がしたたって、じゅわーっと音を立て、煙を上げた。

「……これは、テントの中でも使えることは間違いない」

テント？　まぁそうね。室内で使えるのだからテントの中でも当然使えるよね。

煙は出ないけれど換気はしてくださいよ。

「詳細を知りたいのだが」

将軍が私を見た。

軍のテントの中で使いたいっていうこと？　あ、売り込むチャンスだ。

「はい、こちら成型竹薪ですが、通常の薪に比べ同じ時間燃焼させるものよりも重さは約三分の一。形を整えているため、持ち運ぶ時の荷造りもすっきり。少しの火種で燃え始めます。欠点としましてはお湯を沸かすのには時間がかかるということ。肉を焼くことはたき火とさほど変わりません。それから、専用の容器も用意しました。天井から吊るして使うこともできます。今はテーブルの上ですが、調理せず暖房用ということでしたら、テーブルの足元に置いていただくと足元からの冷え対策になります。その他……」

ぺらぺらと話し続けること、およそ十分。

「お、焼けたみたいだよ、子猫ちゃん」

にっこり笑って殿下が肉を見た。将軍がさっと肉を小分けに切り分け皿に盛り付け塩を振る。宰相が毒見役なのか、真っ先に一口肉を食べ、目を見開いてから小さく頷いた。

部屋には私たち四人だけで、給仕をするための侍女の姿もない。なんで、どうして……。

「いただきまぁす」

殿下がぱくりと肉を口にする。

「これは、すごいね、美味しい。君……ミリアージュちゃんも早く食べてごらんよ」

ミリアージュちゃん……ね。子猫ちゃんよりはましなのだろうか。背中がぞっとする。

「いただきます」

用意されたナイフとフォークを使って上品に肉を口に運ぶ。

串に刺さった肉にかぶりつく方が私には合っていると自分でも思っているんだけれど。さすがに皇太子殿下の前でそんなことはできるはずもなく。

「あ、美味しい……」

「ねー、美味しいね。これは肉がいいのかな、これで焼いたのがいいのかな」

殿下の言葉に宰相が答える。

「成型竹薪で焼くと美味しくなるとミリアージュ様がおっしゃっていましたから、そのおかげでしょう」

「いえ、あの、ファエカ様が持ってきてくださったお肉が美味しいのもあるかと。領地で成型竹薪で焼いたお肉よりもさらに美味しいです」

私の言葉に、将軍が目を丸くした。

「なんだ、ファエカのやつ、まさか殿下への贈り物に肉を持ってきたのか？　アイツらしいといえばアイツらしいが……」

ん？　将軍はファエカさんと知り合い？　ずいぶん親しげに名前を呼んでるけれど。

ハマルク宰相がふふっと笑った。

「特産の鶏肉は評判がいいですからね。特別な肉を特別な薪で焼いた、これは特別中の特別の味ということですね」

「はい。特別に……美味しいです」

確かに、美味しいんだけれど。なんで、宰相と殿下と将軍と一緒に肉を食べているんだろう、私……。美味しいけど緊張してうまく飲み込めないよ。せっかくの特別なお肉なのに少ししか食べられそうにない。

「ところで、ミリアージュ様、この成型竹薪ですが、私も初めて見ましたが、広く知れ渡っている品ではないようですね」

宰相の言葉に喉を通らない肉を無理やり飲み込む。

「あ、はい」

売り込み、売り込み。

「つい先日、完成しました新製品です。これから生産体制を整えて、販路を確保しようと思った矢先に、殿下へのプレゼントという機会があったので、誰よりも早くお見せしようと思いつきま……」

だめだ。堂々と嘘（うそ）はつけない。

殿下への贈り物のことはすっかり忘れてたんだよ。寒い地域のファエカ様が喜んでくれるかなって持ってきただけなんだよ。だんだんと声が小さくなる。

だって、将軍と宰相となぜか殿下の視線まですごく鋭く、突き刺さるように私を見てる。

「使えるか？」

殿下の質問に将軍が肉をかみちぎりながら返答する。

「ああ。もちろん。使えるどころじゃねぇな。これが敵国に渡っていたらと想像するとぞっとする」

え？　どういうこと？　敵国に渡るとぞっとする？

「幸いでした。市場に流れる前に、知ることができて……。それも、皇太子妃候補からもたらされるとは。これこそ僥倖でしょう」

僥倖？　宰相が何やらラッキーだみたいなことを言い出してるけれど……。

どちらにしても、将軍にしろ宰相にしろ、黒い竹から作った成型竹薪への反応は、好感触ということよね？

買ってもらえる、売れると思っていいのかな？

もしかして城の備品？　それとも軍の装備？

城で使ってもらえるなら「王宮御用達」とか言って売れちゃったり？　貴族の間であっという間に噂が広がり、飛ぶように売れるかも？

「細かい話は後ほど詰めるとして」

ハマルク宰相が私を見た。細かい話？　商談？　売り込みが成功した？　これで領地が潤う！

「成型竹薪の販売を禁止いたします」

宰相がきっぱりと口にした。

「え？」

ど、どういうこと？　今、販売を禁止と聞こえたような？

「あの、宰相閣下……えっと、どういうこと、でしょうか……？」

麻薬などの人に害を及ぼす品ではない。毒物でもない。それなのに、販売禁止？

なぜ？　好感触だと思ったのに。それとも私が気が付かなかった問題でもあった？

「だな。市中に広まって、敵国の手に渡ると厄介だ。いや、どこから情報が漏れるか分からないから
すべて国の管理下に置く方が間違いない」

将軍が宰相に賛成の意を唱える。

「国の管理下？」

それって、希少な鉱物が採れる鉱山が領内で見つかると鉱山は国所有になる、みたいなそんな感じ
のに似た措置？

「な、なぜでしょうか？」

危険物じゃないし、それほど儲けが莫大に出る物でもないはずだ。

将軍が殿下を見た。殿下は宰相を見た。

「話しても大丈夫でしょう。ミリアージュ様は私が若いころに手配したペルシーアの絨毯を素晴らし
いと言い、ガラスのシャンデリアを水晶の偽物ではなく本物のガラスだと言ったお方です。それに、
物事を表面的にではなく多面的に見ることができます」

ええ？　何、それ。宰相が若いころに手配した絨毯？　って、あれ？　だいぶお金が節約できた、

あの部屋の絨毯のこと？

令嬢たちにシャンデリアがガラスでできているって言って回っていたのは、反応を見るためだったの？

多面的にって、何のこと？　いったい、何をチェックされてたのか。

「限りあるものに不満を漏らさず、工夫をすることで素晴らしいものに作り上げたよね、子猫ちゃん。あのドレス、素敵だったよ」

殿下がキラキラな笑顔で微笑みかける。

ああ？　不満を漏らすもなにも、竹色が好きだって言った気がするし、工夫したのはサリーの手柄だから！　殿下に褒められるようなことをしたつもりはこれっぽっちもないです。

「殿下へのプレゼントに、国を豊かにするための実用性のあるものを持ってくるとは、まさに見どころがあるとしか言いようがない」

将軍がまだ肉を食べながらうんうんと頷いている。

は？　成型竹薪は、国を豊かにするものじゃなくて、領地を豊かにするものです。領地のことしか考えてません。

それに、殿下へのプレゼントはすっかり忘れていました！　……とは言えないけど。言えないけど。

違うんですよっ！　なんか感心されても困ります。

「ファエカからも、ミリアージュ嬢について問題があると報告は受けてないぞ」

え？　将軍に、ファエカさんが報告？　どういうこと？

「信用に足るという意見で満場一致でよろしいですか？　でしたら、話をしてもいいでしょう」

ハマルク宰相の言葉に、将軍がよし来たと張り切って説明役を買って出る。

「嬢ちゃん、戦争はいつ起きるか知ってるか？」

説明ではなく、質問だった。

「兵を集めやすい収穫が終わった後？」

将軍がふっと笑った。

「ああ、なんだ、この嬢ちゃん。ずいぶん物知りだな？」

将軍が宰相に視線を向ける。物知り？

「そうですね。貴族のご令嬢が戦争に関する質問に即座に答えられるというのは珍しいでしょう」

ああ、これまた。女のくせにを出しちゃったかと、下を向く。

「私は気に入りましたよ」

宰相の言葉に驚いて顔を上げる。気に入った？

「ああ、そうだな。綺麗な顔した女は馬鹿ばかりかと思っていたがどうやらそうでもないらしい」

将軍がずいぶんと棘のある言い方をする。

綺麗な顔と脳みそは関係ないじゃない。

「ああ、違うな。着飾ることにしか興味がない女は、だ」

私がムッとした表情をしたからだろうか。すぐに言葉を訂正する。

「まぁ、ちょっと話を続けるぞ。で、戦争は収穫が終わった後に始めて、いつまで続けるか分かるか？」

「えーっと、畑仕事が始まる前……。長引くと言っても、いったん兵を引いてまた秋になったら……いえ、違うわ。ちょっと待って……冬……そう、雪が積もれば兵は動かせないから、冬には戻る？」

正直なところ、ずっと戦争などない平和が続いているので、戦争のことは本で読んだ知識しかない。確かどこかに「雪だ、これ以上は無理だ。全軍退却」みたいな表現があったような？

将軍がうんと頷く。

「まずまずの回答だな。まぁそうだ。雪が積もれば足を取られる。敵も味方も戦どころじゃないから引くのは当然だと思われるが、雪が積もらなくても冬は無理だ。氷点下に気温が下がる中、軍を進めれば凍死で無駄に命が奪われる」

凍死……。

「昼間、動いている時はまだいい。夜、気温が下がりじっとしていれば体温を奪われるばかりだ。必要な食糧を運びながら軍を進めるのも大変なのに、その上、暖を取るための十分な薪まで運ぶことなど不可能に近い」

将軍の言葉に想像を巡らせる。

何千、何万もの兵の食料。それだけでも確かにどれだけ必要なのか想像を絶する。

敵地に攻め込むまで何日かけて進むのか。前線で何日兵を留まらせるのか。何日分の食料が必要となるのか。

……いざという時のためにやはり男爵領にも食料は十分備蓄するべきよね。途中の村や町で軍が食料を奪うという話も聞いたことがあるから。

戦争が始まった時にも領民が生き残るための食料を、見つからないようにどこかに隠しておく。山の中がいいだろうか、山の中に避難する場所も見つけておいた方がいいかもしれない。

ちょうど煙の出ない成型竹薪があるし、山の中にこもって煮炊きをして居場所が知られることもないだろう。ん……？

「あ、もしかして、煙が出なければ、敵に居場所を知られる危険がないということですか？」

将軍がにやりと笑った。

「冬の問題は、暖の確保もあるが、その暖を取るために火を燃やせば、敵に位置を知らせるようなものだからな。闇（やみ）に紛れて夜襲される危険が増える。その点、これを使えば煙が上がらないだけじゃない。遮光布で覆ったテントの中でも使えるならば、暖も取れる上に、光で位置を敵に知られることがない。さらに、壺の中で燃やせるならば、たき火のあとを残して進路を悟られることもない。冬場に暖も取らずに軍行しているとは敵も思わず、油断させることもできるだろう」

将軍の言葉に、背筋がぞくりとした。

本来は凍死者を出さないために戦争しない冬に、成型竹薪があれば軍を動かすことが可能になるかもしれない……。

冬になれば終わるはずの戦争が終わらなくなるということ？

「おっと、そんな顔するな。こちらから仕掛けるような真似はしねぇよ。今の陛下も、殿下も、戦争して領地を広げようなんて思ってないだろ？」

将軍が殿下の背中をばんっと叩く。

「もちろん。だけれど、隣国も同じ考えとは限らないからね。備えておく必要はあると思うんだ。冬に動ければそれだけ有利に事は運ぶ」

そりゃ、そうだ。

って、え？　今の言葉は殿下よね？　チャラ皇太子が備え？　備えとか考えるような人に見えないのに。

刹那的に、今が楽しければいいよね！　とか言いそうなのに。

「敵に渡れば……冬は攻めてこないという常識が覆り、緊張が長引くことになる」

だから、チャラ皇太子っぽくない発言が続いてますよ。

宰相が笑った。

「と、言うわけですから、成型竹薪が敵の手に渡らないよう売るのは禁止です。管理は国預かりとなります。ああ、もちろん国が買い取り備蓄していきますので、領地にはお金をお支払いいたします」

なるほど。販売禁止というのは、敵に渡らないようにということか。

確かに、庶民に広く渡ればすぐに他国へも伝わるだろう。

……うーむ。まさか、そんな危険物を作り出してしまったとは……。いやでも、逆に言えば男爵家が生き残るための武器を手に入れたと思えばいいのかな？　他の国も手に入れたいと思うような品。

作り方は領民しか知らないし、すぐにまねして作れるとも思わない。何度も試行錯誤してやっと黒い竹になる焼き方を見つけ出したのだ。

何はともあれ、しばらくは国が買い取ってくれるなら、計画的に生産もできそうだし。

ほっと息を吐きだすと、宰相が表情を引き締めた。

「まさかとは思いますが、男爵家が裏切らないとも限りません」

笑顔の向こうにギラリと目が光る。

こ、怖い。裏切らないですよ。領民だって悪いこと考えるような人はいません。

「男爵家に十分な益を保証したうえで、男爵家も裏切れない誓約をしていただきましょう」

せ、誓約？

「あーっと、あの、詳細は、私には、分かりませんので、えーっと、領主である、父と……」

いや、下手に返事をしちゃまずい。時間を稼がないと。

なんなの、誓約って。なんだかんだ、いいように騙されて領地取り上げとかそんなことになってそうで怖い。それとも、裏切ったら一族皆殺し……とか。

「いやぁー、しかし、棚から牡丹餅とはこういうことを言うんだな」

私が恐怖に打ち震えているというのに、将軍がうれしそうだ。

「そうですね。国内の貴族は微妙な力関係で争いなくうまくいってますから。皇太子妃を輩出した家が力を持ちすぎないようにするためには、力のある家からは、皇太子妃を出すわけにはいかなかったので……」

宰相がふぅっと息を吐きだした。

いやいや、なんで男爵領の話から皇太子妃の話に？

成型竹薪の秘密を漏らさないことと、何の関係が？　誓約の話はどこへ行ったの？

「もう、茶番は終わりでいいんだろ？　女好きで、美人と結婚するなんて言い出す馬鹿でセンス悪い王子を演じなくても……」

殿下がふうっと息を吐きだし、背中を丸めて楽な姿勢で椅子に腰かけた。

馬鹿でセンス悪い王子を演じる？

もう全く話が分からないんだけれど。

「どの勢力からも恨まれることなく縁談を断り、なおかつ権力とは無縁の妃を選ぶために『顔で選んだ』と言えるように馬鹿を演じるのも疲れたよ」

はい？　顔で選んだというために、馬鹿を演じる？

「そうですね。殿下が皇太子という立場になった三歳のころから、多くの有力貴族たちから娘を婚約者にという圧力がすごかったですからね。クマル公爵家や、タズリー侯爵家、それにヘーゼル辺境伯などどこかと縁を結べば力関係の均衡が崩れてしまいますし、かと言ってむげに断り王家との関係を悪くするわけにもいかない」

宰相が深いため息をつく。

「あー、あれだよな。陛下が王妃様一筋で側室も取らずにいたから、長年子宝に恵まれなかったことで次期王位にと、王弟派だとかいろいろ派閥が力をつけてきたからなぁ。王家に不満を持つ有力貴族がそれらの派閥と手を組んでも厄介だからな」

将軍も眉を寄せた。

「内乱やクーデターほど馬鹿なことはない。国が荒れれば他国に付け入る隙も与えてしまうし」

うわわ。ちょっと待って、今の話だと、クマル公爵家のエカテリーゼ様もタズリー侯爵家のジョアンナ様も、皇太子妃に選ぶつもりは初めからないみたいに聞こえるんですけど。

「えーっと、一番美しい女性を皇太子妃に選ぶという、あの、選考会は……」

「まさか、本当に美人っていうだけで皇太子妃を選ぶと皆に思われるとは思わなかったよ……」

皇太子殿下がため息をついた。

「あはは、それだけ殿下の演技が完璧だったたっていうことでしょう。学園でもしっかり女の子大好き演技をしてたでしょう。それとも、演技じゃなくて実はそっちが素ですかね？」

からかい交じりの言葉に、殿下がぎっと恨めしそうな顔で将軍をにらむ。

「十歳になるかならないかのころから演じていれば、うまくもなるよ……いくら、王弟派などを油断させるためとはいえ……」

事態が飲み込めなくて困惑している私に宰相が目を向けた。

「ミリアージュ嬢、さすがに一国の皇太子妃を見た目だけで選びたいと言っても、私の目が黒いうちは許しませんよ。それとも、私は宰相として皇太子のわがままを止められないほど無能に見えますかな？」

「い、いえ、そんなことはっ！」

宰相が止めなかったのはなぜなのかとは思っていたけれど。

「ふふふ、ちゃんと皇太子妃にふさわしい娘さんを、見た目ではない基準で審査させていただいておりましたよ」

宰相が指を一本ずつ立てていく。

「第一に権力争いと関係のない家柄の娘を選ぶこと。まぁこれは事前にしっかり選考して五名まで絞らせていただいておりますが」

え？　皇太子妃候補十名よね。本当は五名の争いだったの？

ファエカ様の、出来レースでもう皇太子妃は決まっていると思うわという話を思い出す。

半分は本当に絞られてたんだ。

権力争いに関係あるエカテリーゼ様、ジョアンナ様とあと三人は初めから選ばれることはなかったっていうことか。

ってことは、何？　私とかファエカ様って、十分の一どころか五分の一の可能性だったってこと？

うわー、怖っ。どうせエカテリーゼ様で決定よねとか思ってたけど、全然違ったなんて……。

「第二にできれば浪費家でない娘を選ぶこと。第三に人の上に立つ立場になった時に周りの人間に理不尽を強いないこと。第四に国のことを考えられること……さすがにそんな都合の良い人物が見つかるとは思っていませんでしたが……」

なるほど。浪費家かどうか確認するために宰相は、シャンデリアや絨毯の話をして「どう思う」と聞いていたのか。

それから、理不尽を強いるかどうかを見るために、ドレスを選ばせていたのかな。これは私によこしなさいとかそういうやり取りもあったような。もしかしてエカテリーゼ様の取り巻きのご令嬢が

「辞退しなさい」と言ったあの場面もチェックされていたのでは。

殿下に領地の特産品をプレゼントとして持ってきてというのも、殿下の思い付きではなく初めから決まっていたことなのかな。

宰相が言うように、そんな都合のよい人物、見つけるのは至難の業ですね。

「そうだな、まぁ第一と第二の条件を最低でもクリアしていれば、あとは第三の条件は殿下にうまく手綱を取ってもらう、第四はあきらめるしかないんじゃねぇかと、俺も思ってたがな」

将軍の言葉に、殿下が私を見た。

「よかったよかった。よかったじゃないか。ついでに、第五の条件も満たせるといいな」

バンバンと、将軍が再び殿下の背中を叩いた。

第五の条件？　っていうか、それより、なんで三人とも私を見ているの？

っていうか、ちょっと、分からないことばかりなんですけど。

皇太子殿下の「子猫ちゃん」とかいうチャラい態度は演技だったたっていうこと？

力のある貴族から文句が出ないように、皇太子妃は顔で選んだということにしたかったから、この国で一番の美人を決める皇太子妃選考会を始めたってこと？

本当の選考基準は第一から第五の条件で。で、えっと、それから……。

あの、ですね。

一番分からないのは、ですね。

「皇太子妃はミリアージュ様に決定でよろしいですか」

宰相の言葉が、まったく意味が分かりません！

「そりゃ、これ以上にふさわしい人間はいないだろう」

待って、私、全然ふさわしくないですよ！

第一の勢力争いに関係ないというのは条件はクリアしてますけど。なんせ貧乏男爵家ですからね。

第二の浪費家ではないも……まぁ、貧乏ゆえに無駄遣い嫌いですからね。クリア、してますね。

第三の理不尽を強いないというのも、男爵家ですから、上位貴族に逆らえるわけもないですし……

それって、クリアしてるってことになるの？

第四の国のことをって……。

「妃としてふさわしいだけでなく、軍事的に重要な意味合いを持つ成型竹薪を生産する領地の娘だぞ。男爵家は、王家とのつながりが深くなるからな。いろいろと秘密を隠すにはもってこいってもんだ」

え？　やだ、まさか、成型竹薪をプレゼントしたことで、国を豊かにするためのものを持ってきたって思われたの？　ちょ、ちょ、待って、待って！

将軍の言葉にさーっと青ざめる。

「ミリアージュ嬢、僕の婚約者としてよろしく頼むよ」

殿下が、私に手を差し出した。

「は……？　え……？」

理解できないんですけどっ！

わ、わ、私が、皇太子の婚約者？　意味が分からない。理解が追いつかない。

こんな時、深窓（しんそう）のご令嬢ならば、意識を失って卒倒できるんだろうけど、意識がはっきりしている自分が恨めしい。

「殿下、さすがに急に決まったと言っても怪しまれるでしょう。あと二～三回は会を続けて競わせましょう。そうですね。ミリアージュ嬢の得意な競技で競わせ、優勝していただくということで」

「え!?」

いや、やだよ。優勝したくないし、選ばれたくないし。

皇太子が虫唾（むしず）が走るようなチャラ皇太子じゃなかったとしても、私が皇太子妃なんて無理っ！　田舎の貧乏男爵令嬢で、貴族の通う学園での教育も受けてないような私には、無理だから！

ぱくぱくと、呆然（ぼうぜん）として言葉がうまく出てこない。背中にはさっきから変な汗が流れている。

あ、待てよ、私が得意だと言っていることで私が負けて、私よりも優秀な人がいればその人に交代できるかもしれないってことですかね？　発表前ならば、あと二～三回選考会をするのだから、その間に逆転のチャンスがあるってことですよね？

「何が得意ですか？」

「算術……計算が得意です」

と、素直に学校でも特に成績の良かった科目を挙げる。

まぁ、計算の早さは孤児院の子たちには負けるんですけど。

「ぷっ。ははは、殿下、こりゃ頼もしい。くくくっ」

将軍が大爆笑する。なんでよ、もう。

他にも何か言っていた気がするけれど、もう、疲れて、耳に入ってこなかった。


選考会の会場には殿下と二人で戻る。令嬢たちの目が痛い。

「あら、戻ってきましたわ、どういうことですの？」

「失格だと皆の前で宣言されるのではありませんこと？」

殿下と離れて部屋の隅に歩いていくと、すぐに心配そうな顔をしたファエカ様が近づいてきた。

「大丈夫だった？」

大丈大じゃないよ。大変なことになった……とも言えないので、小さく大丈夫だと頷いてみせる。

「子猫ちゃんたち、ごめんねぇ～。ミリアージュちゃんがあれ以上お肉が美味しく焼けるって言うのを止めたかったから。驚かせちゃったね。だって、お肉は子猫ちゃんたち全員の分はなかっただろう？　僕だけが美味しいものを皆の前で食べるなんて耐えられなかったからね」

殿下がパチンとウインクを決める。

ああ、上手に言い訳すること。しかしあのチャラ皇太子姿は素じゃなくて演技だったなんて。

思わず半眼で見つめてしまう。

「でも、安心して子猫ちゃんたち。代わりに、素晴らしい料理をごちそうするから」

いつの間に手配したのだろう。殿下が右手を上げると、カートに載せた料理が次々と運ばれてきた。

「ねぇ、ミリアージュ様はお肉を食べたの？　どうだった。うちの領地の自慢の鶏の味」

ファエカ様が殿下の言葉を疑うこともなく私に尋ねてきた。

他のご令嬢もどうやら私が口をふさがれて部屋を連れ出された理由を疑ってはいないようだ。

「そういえば、殿下は肉料理が好きでしたわね」

「学園の食堂でもよく召し上がっていますもの。私も美味しいお肉をプレゼントすればよかったわ」

「運が良かったわよね、あの二人。どうせ苦し紛れに持ってきたものでしょうけれど」

「本当、殿下が肉好きだって知っていたわけではないでしょうし」

「いえ、もしかしたらどこかから情報を得ていて、持ってきたのかもしれませんわよ」

「まぁ、姑息だこと」

「せいぜい悪あがきすればいいんだわ」

肉を他の人に食べさせたくないって理由で納得されちゃう殿下にちょっと同情しちゃう。

ファエカ様に肉の感想を伝える。

「とても美味しかったわ。びっくりするくらい」

というか、本当はいろいろびっくりしすぎてゆっくり味わえなかった。

「ふふ、それはよかった」

「そうそう、将軍とファエカ様は知り合いなのね。ファエカ様が持ってきた肉だと聞いて、ファエカらしいと言っていたわ」

私が将軍の話を出したとたんに、ファエカ様の表情が固くなった。

「将軍は隣の侯爵家の次男で……兄の友人なの……。小さいころからよく顔を合わせていて……」

「ああ、お兄様のご友人なのね。幼馴染のようなものかしら？　将軍は王都に出てきてしまったから寂しいわね」

ファエカ様が、珍しくうつむいてしまった。

「……久しぶりに連絡があって、王都に来てほしいと……会えるのを楽しみにしていたのよ、私……」

すぐにファエカ様はちょっと怒ったような表情で顔を上げる。

「それなのに、来てみたらこれよ？　皇太子妃候補ですって。あはは、笑っちゃうわよね」

笑っちゃうっていうわりに、ファエカ様はちょっと泣きそうな表情に見える。

そりゃ、幼馴染に会いに来たつもりが、望んでもない皇太子妃の座を争って、皇太子妃選考会に出ることになったら泣けるよね。

もしかして、ファエカ様……どなたか好きな人でもいるのかなぁ。だったら皇太子妃に選ばれたくないよね。

でもね、ファエカ様、その選考会も、もしかしたらあと数回で終わるかも。ファエカ様が皇太子妃に選ばれることはないよ。

「ゆっくり味わってよ子猫ちゃんたち。皆が美味しそうに食べる姿を見るのが僕の幸せさ」

これ、演技だったんだっけ？　それともこっちが素？　いまだに半信半疑（はんしんはんぎ）。

……っていうか……。私が皇太子妃とか冗談ですよね？

……成型竹薪が必要で、秘密にしろと言うなら、きっちり守るし。

男爵家と王家とのつながりを深めるためにとか必要ない……と。伝えてみよう。そうしよう。

皇太子殿下が退室したところで、順にご令嬢が部屋を出ていく。退室する時も当然暗黙の順番がある。……って、なんか伯爵令嬢の一人がすんごいまだ食べてるんですけど。

帰れない、帰っていいかな？　でも、男爵令嬢の私は、伯爵令嬢より先に帰れないんだよ。

ファエカ様も帰るに帰れなくて、あきらめて食べてる。

……あ、そうだ！　あまりの衝撃的な出来事があったから、今まで忘れていた。

丁度いい、今のうちに。

「化粧直しをしてきますわ」

退室するんじゃないよとアピールするように声をかけて部屋を出る。

「この間、ドレスを洗っていただいた時にポケットに入れていたものをなくしてしまって。洗濯室に保管されてないかしら？」

部屋を出て、侍女の一人に声をかける。

「持ち主が分からないものは、保管されていると思いますが……どのようなお品でしょうか。探してきますので」

「特に特徴のないどこにでもあるハンカチなの。だから洗濯室に案内していただけないかしら？」

侍女は下働きが出入りするような場所に貴族令嬢を案内することはできませんと言ったけれど、どうしてもと頭を下げたらすんなり案内してくれた。頭を下げさせてしまったと泣きそうな顔をさせてしまったのは申し訳なかったな。

部屋に案内されると大量のシーツなどが積み上がっていた。

入り口近くの壁に棚があり、そこが持ち主不明の品を保管する場所だと教えられた。足元から頭の上まである棚が縦に四段横に二列に区切られ、それぞれに籠が置かれてその中に入れられているらしい。思ったよりも多い。一番下の段に白い布が見える。ここから探すかな。

「あああ、そ、そこの籠は……」

案内してくれた侍女が焦ったように私を止めた。

ん？　籠の中に入っている白い布……。うん、これ、パンツですね……。名前がないと、こうして持ち主不明で洗濯室に保管されるわけですか……。籠にはあふれんばかりの山になった布。……これ、全部？

「ハンカチでしたら、この、小物の入った籠にあるんじゃないかと……」

と、一番上の棚の籠を下ろして中を見せてくれた。

「ありがとう」

両手に抱えるくらいの大きさの籠には、色々な小物が入っている。ポケットに入れたまま洗濯に回してしまった洗えない物。ペン先やら、飴やら。洗濯中に取れてしまった飾りのレースやボタン。それからポケットに入れたゴミだか必要なものだか判断できない紙片や小石。

ハンカチは、十枚ほどあるようだ。広げて確認していく。

「あ、あったわ！」

Ｒの刺繍の入ったハンカチ。

よかった。ディラから貸してもらった……ディラに返すことができるかも分からないハンカチ……。

ぎゅっと握りしめる。

「それはよかったです」

侍女が籠をもとに戻そうとしたところで、ふと小さなものが目に飛び込んできた。

「ちょっと待って」

それは小さなボタン。

他のボタンが白くて綺麗なもの……貝や白木などで作られているのに、一つだけなじみのある色をしたボタンがあった。

「まだ、流通してないと思ったけれど、他のところで売られてるのかしら？」

竹製のボタンよね？

気になって手に取ってみる。

「殿下、私共が探してまいりますので、自ら足を運ぶなど」

「おやめください、洗濯室になど殿下が立ち入るべき場所では」

バタバタと声が聞こえてきた。

え？　嘘！　今、殿下って聞こえた。

なんで殿下がこんなところに来るのよ。

「大切な物なのだ。見つけなくては！　昨晩までは確かにあったんだ」

何？　大切なものを探しに？　殿下自ら足を運ぶなんて、よほどのものなのだろう。

なんでここにいるんだなんて問われる前に、ハンカチを探しに来たとアピールしよう。

「ああー、よかった。ハンカチが見つかって。大切なものだったから、見つからなかったらどうしようかと思っていたのですわ」

と、ハンカチを探しに来ただけですというのを強調するように、ハンカチを広げて、わざとらしいくらい声を上げる。

ちょうど殿下がドアから顔を出し、私がハンカチを広げて見つかってよかったと言っているところを見た。と、思う。

「あっ」

その瞬間、先ほど手に取ったボタンを落としてしまった。殿下の足元にころころと転がる。

慌てて手を伸ばす。

「！」

転がったボタンへ伸びた手は、一つではなかった。

私の手と、殿下の手。

殿下の手が先にボタンへと触れたため、私は伸ばした手を止めた。

いいや、違う。驚きのあまり、動きが止まってしまった。

「それ……」

竹でできたボタンの表面に彫られたＤの文字が見えた。

まだ、市場に出回っているはずのない、文字の入ったボタンが……それも、一つしかないはずのDの文字が彫られたディラにあげたボタンがなぜ、ここに？

「ああ、よかった。見つけた」

殿下がうれしそうにボタンを手に取る。見つけた？　ディラのボタンを殿下は探していたの？

顔を上げると、殿下と目があった。

殿下が、そこで初めて私の存在に気が付いたかのように声を上げた。

「ミリアージュ、君も探し物かい？」

そう。ハンカチを探しに……。殿下が私が手に持っているハンカチに視線を向けた。

「え？　その、ハンカチ、僕が……まさか……」

殿下が目を見開いて私を見ている。

何をそんなに驚いているのか。殿下の様子も気になるけれど、それよりも私は殿下の手にあるボタンが気になって落ち着かない。

「殿下、ですから私が探してまいりますと、なぜお待ちいただけないのですかっ」

びくりと体が震える。この声……ネウスさん？

近衛騎士の制服に身を包んだネウスさんが殿下の後ろから顔を出した。ど、どういう、こと……？

「で、殿下、私は探し物が見つかりましたので、失礼いたします。その、会場に戻りませんと……」

ぺこりと頭を下げて洗濯室を出て速足で会場へと戻る。

「ああ、ミリアージュ様。ちょうど彼女も食べ終わって帰りましたわ。また来月お会いしましょう」

ファエカ様と部屋の入り口ですれ違う。

「え、ええ、そうですわね……また、来月……」

指先が震えている。今、私ちゃんと笑えていたかな……。

足も、よくここまで転びもせず歩いてこれたものだ。

部屋に入ると足の震えがひどくて壁際に並んでいる椅子の一つに腰を下ろす。

殿下が……ディラにあげたボタンを探して洗濯室に……。いったいどうして？

それから、ネウスさんの姿もあった。

ディラは……私があげたボタンを殿下に献上した？

いや、それともネウスさんが……。文字の入ったボタンを導入してほしいという見本としてディラからボタンを借りて殿下に見せた？　借りたボタンを紛失したことに気が付いて殿下が慌てて探しに来た？　ネウスさんが自分が探すからいいと後を追った？

ああ、きっと、そうね。そういうことよね……。

びっくりした。それなら、あそこにボタンがあったことも分かる。

分かるけれど……。胸がドキドキと激しく波打つ。指先の震えは止まらない。

ディラのボタン……殿下の手に渡っている。ネウスさんも兵服ではなく騎士服を着ていた。

本当はネウスさんは騎士なんだ。

殿下と言葉を交わすことができる騎士を護衛に付けるほど、ディラは高位貴族だったんだ。

当然、……城で、ディラの姿を見るかもしれない。偶然会うかもしれない。

その事実に、愕然(がくぜん)として震えが止まらない。

私、冷静でいられるだろうか。ディラの姿を見て、冷静で……。

ディラは私を見ても私だと気が付かないかもしれない。でも……。

私は、ディラ以外の男性の隣に立ちながら、笑っていられるだろうか……。

無理。ネウスさんの姿を見るだけでもディラを思い出して冷静でいられる自信がない。

今だって、こんなに手足が震える。

断らなくちゃ。なにがなんでも、断らなきゃ。

皇太子妃になれない。皇太子妃になった姿をディラに見られなくない、見せたくない。

きっと高位貴族のディラは婚約パーティーや折々のパーティーには姿を見せ祝いの言葉を述べるだろう。

「ご婚約おめでとうございます」

「ご結婚おめでとうございます」

「お似合いのお二人でうらやましいです」

ねぇ、二人に未来がなかったのは仕方がない。だけれど、残酷な未来は受け入れられない。

好きな人に、好きでもない人との結婚を祝福されるなんて……。

次の日。重たい瞼(まぶた)を開き、のろのろと起き上がった。

明らかに泣いたあとが残っている私に、マールが心配してどうしたのかと声をかけた。

「皇太子妃に……選ばれそう」

とだけ答えた。

ずっと皇太子妃になんてなりたくないと言っていたので、マールはそれで納得してくれたようだ。

「アレ……と結婚せずに済む方法があればいいんですけどね」

マールの言う通り。皇太子妃になんて絶対になりたくない。

……脅すか。いっそ、成型竹薪の権利も製法も渡す代わりに、皇太子妃にしないでくださいと……。

もし、皇太子妃にするというのであれば国外に逃亡して製法を他国へ教えるとでも……。

ああ、駄目だわ。うまくやらないと反逆罪に問われて首をはねられる。

私が首をはねられるだけで済めばいい。

けど男爵家取りつぶしとか……周りの人にまで害が及ぶ可能性もある……。どうしよう。

ふと、ハマルク宰相の顔が浮かぶ。将軍の顔も。

皇太子殿下が妃を選ぶ体(てい)を取りながら、実際は宰相や将軍の意見も取り入れていた。陛下や他にも皇太子妃を選ぶ人はいるはずだ。

とすれば、欠点を見せれば……。いくら条件をクリアしていても、それを凌駕(りょうが)するほどの欠点があれば別の人をという声も上がるのでは？

皇太子妃としてふさわしくない欠点……とは？

「ミリアージュ様、改良品の試作品がいくつか届いてます」

マールがぼんやりしている私の元に、竹算盤（たけさんばん）を持ってきた。

大きさや形、ボタンの数など色々なパターンのものがある。

「この小さい物は、持ち運びを考えてみたそうです。こちらの大きなものは逆に重たくして途中で動いてずれないようにと、それから、こちらのものは」

と、マールが説明してくれる。

そうだ。次は算術大会だっけ。……もし、私が算術に秀でていることを見せつけることができれば……。皇太子妃としてではなく、宰相補佐など別の役職で城に抱え込んでくれと……そう頼み込むこともできるんじゃないだろうか？

裏切らないように目の届くところに置いておきたいというのであれば、何も皇太子妃でなくてもいいのでは？

やれるだけのことはやってみよう……！

「使ってみるわ！」

サイズ違いや用途違いの竹算盤を手に取り、持ち比べたり、ボタンを動かして使いやすそうなものを選ぶ。

計算問題の本などないので、過去の男爵領の帳簿を持ち出し、計算していく。

……時々計算間違いが見つかるので、線を引いて書き直しておく。

一年分、二年分、三年分……。帳簿チェックも兼ねて計算練習しているうちに、あっという間に一か月が過ぎた。

無心で計算を続けていたら、竹算盤を使った計算の腕はすさまじく上達した。

ただ計算問題をするよりも、帳簿の間違い探し気分で楽しんで計算できたのも上達した理由だろう。

……ううん、本当は楽しくなんかなかった。

帳簿の確認が終わって時間がある時は、成型竹薪の現段階での成功率からいろいろと計算をした。

一度にできる数と成功率から考えた製造可能数だとか。年間の竹伐採量から見込まれる生産限度量。

もちろん、他にも竹製品を作るために竹は必要。だから現状竹製品に使われる分の竹の量を変更したときの試算。家庭で竹を燃料として使っていた分を木の薪に変更する負担増。

……いろいろな場合を想定した予想量やら、薪やら麦やらと重さや体積比較した一覧表も作った。

軍が兵糧として運ぶ食料といっしょに積み込める量も、兵糧について書かれた本を呼んだ記憶を頼りに計算してみた。調理するものによって必要な量なども。それから燃焼時間や空間の大きさごとの暖まり方の……とかいろいろ。時間がある限り資料を作ってみた。

……でも本当は、こうでもしていなければ辛かった。

ディラのことを思い出さないように必死に他のことを考えていただけ。考え事をしていれば、思い出さずに済むから——

残酷な未来。考え出すと涙があふれてくる。

◆第十章　最後の皇太子妃選考会

皇太子妃選考会四回目。

部屋に入ると、ハマルク宰相がいた。

「今日は、算術勝負ですな」

にこりと宰相が笑う。

「調子はいかがですか？」

「ええ、大丈夫ですわ。あの、選考会の後でお時間いただけませんでしょうか？」

しっかり、私の計算能力を見せつけるつもりだ。

そして、そのあと、皇太子妃じゃなくて宰相補佐とか別のことで口止めしてほしいと頼み込んだ。

そのために、あれだけ計算の練習もしたんだ。他の人には悪いけれど、竹算盤も持ってきたし、全然勝負にならないと思う。圧倒的な差を見せつけ、計算能力を認めてもらう。

「ええ、もちろん構いませんよ。次回の打ち合わせもしませんと」

次回って……何勝負にするかってこと？　ハマルク宰相がニコニコうれしそうだ。

いや、次回はないです。確実に次回がないように、計算が得意すぎてかわいげがないと失格にしてもらうというのもお願いしてみるといいかもしれない。

ああそうだ。ちょうどいい。選考会が始まる前に渡しておこう。宰相補佐にしてもらうために役立つかと思って持ってきたのだ。

「成型竹薪(せいけいたけまき)の生産に関してレポートにまとめてきました。選考会のあとご質問があればその時にでもお答えさせていただきます」

持ってきた資料を宰相に手渡す。

「おや、助かります」

ハマルク宰相がパラパラと十枚ほどの紙の束をめくって目を見開いた。

「じっくり読ませていただきましょう。これは誰(だれ)が？」

「私ですわ」

秘密を漏らしてはいないかと探りを入れられたのだろうか。

とりあえず正直に答えたけれど、宰相が首をかしげた。

何かおかしなところがあっただろうか。

「お恥ずかしながら、男爵領は人をたくさん雇い入れるだけの資金がありませんので……」

と、言葉を添えると、やっと私が書いたと信じてくれたようだ。

そして、宰相の表情がうれしそうにほころぶ。

お、好感触？　よかった。女のくせにとか女が作れるわけないとか思われる可能性も全くなかったわけではないけれど、宰相は能力さえあれば女性でも認めてくれそうだ。

これは、あとは算術大会で実力を発揮する。

いつものように会場に、いつもの順番で令嬢が入ってくる。

ただ、いつもと違うのは私の気持ちだ。

すでに裏では五人に絞られていると聞いてしまったから。派閥の力の均衡(きんこう)を崩す五人は外されていると。私も抜くと、本当の候補者はたったの四人ということになる。

「ごきげんよう皆さま。今日も、誰一人として欠席することもなくいらっしゃったのね」

最後に入ってきた公爵令嬢エカテリーゼ様が部屋の中を見渡して口を開く。

「もう、選ばれる可能性がないとそろそろ自覚した方もいらっしゃるのではありませんこと？　体調がすぐれないのであれば、無理して出る必要はありませんのよ？」

エカテリーゼ様がまるで自分に決まっているかのような態度を取る。

前は、本当にエカテリーゼ様に決まっているのかもしれないと思っていたけれど、今は絶対にエカテリーゼ様はありえないのだと知ってしまったので、複雑な気持ちだ。

もしかして、殿下は気のあるそぶりを取っていたのだろうか。だとしたら、いくら演技とはいえひどいと思う。

「あら、まさか来るなと遠回しにおっしゃっているのかしら？　正々堂々と勝負して勝つ自信がないのであれば、仕方がないことですけれど」

エカテリーゼ様の言葉にジョアンナ様が言葉を返す。

「ふふ、ジョアンナ様は何年前に学園をご卒業なさったのかしら？」

「何がおっしゃりたいの、エカテリーゼ様」

「いえ、学園に通っている方なら、私と殿下の学園での様子は当然知っているはずですから」

ああ、そういえば。

今も学園に通っている人は、皇太子妃選考会以外でも殿下と接しているんだ。

「私と殿下が、毎日のように一緒に昼食をとったり、隣の席で授業を受けたりしているのを皆知っておりますわ。そうそう、この間、私がプレゼントした宝石のお礼にと花束をくださりましたのよ？」

あれ？　花束って……。うちにも届いた。花束と手紙。それから肉。

ええ、肉が届きましたよ。成型竹薪で焼いて食べてほしいと。……あれは、暗に美味しく焼いて食べたいから城にいくつか送れというための遠回しな要求かと思っていましたが、皆にお礼が贈られているということなら、深い意味はないただのお礼だったのかしら？

「あら、花束ならば、私もいただきましたわ。翌日家に届けられましたわ。お手紙とともに」

ジョアンナ様がエカテリーゼ様だけが特別じゃないということをはっきりと口にした。

うん、どうやら誰かを特別扱いというわけではないようだ。

「あら、私は、殿下から直接手渡しでいただきましたことよ？」

エカテリーゼ様がジョアンナ様にふんっと勝ち誇ったように鼻を鳴らす。

「私にも花は届いているから、別に誰かを特別扱いするつもりで贈ってはいないわよね？　手渡しといっても、学園で顔を合わせる機会があるなら、家に届けるよりは顔を見てお礼を言うなど普通のことですわよね……。どうして特別だと思えるのかしら」

隣でファエカ様が相変わらずねと呆れた目で二人を見ていた。

「一緒に食事とおっしゃるけれど、いくら学園では身分は気にせずと言われても、位の近い者同士が集まるのは自然でしょう……」

　なるほど。どうやら殿下はエカテリーゼ様を特別扱いしているわけではないということでいいのかな？　気のあるそぶりをして皇太子妃になれると思わせていたわけではないらしい。むしろ、チャラ皇太子でない時の殿下は頭が回る様子だったし、皇太子妃にするつもりはないなら、気のあるそぶりを見せないように配慮していたかもしれない。

「ねぇ、ミリアージュ様、ここでも位は関係ないと言われても、とてもエカテリーゼ様と親しくお話できるような気はしませんわよね」

　ファエカ様の言葉に小さく笑いが漏れる。

「いえ、でも私は、もしファエカ様が公爵令嬢だったとしてもこうしてお話ししたいと思ったと思いますわ。ふふ、熊(くま)の頭のはく製は楽しませていただきましたもの」

「あははは、それはよかったわ。まさか殿下が気に入るとは思いませんでしたが。あれを楽しいと言ってくださる候補者がいるとも思っていませんでしたわ。ミリアージュ様、選考会が終わっても、お友達でいてくださるかしら？」

「は、はい！　もちろんです！　ぜひ！　私も、ファエカ様とお友達になりたいと思っていたんですっ！」

　思わずファエカ様の手を取り興奮気味に答える。

　あれ……？　でも、私が辞退すると、皇太子妃候補はわずか四人。よく考えれば、ファエカ様って、宰相の言っていた第一～第四の条件に当てはまっていない？

ファエカ様が皇太子妃に選ばれたら、さすがに身分が違いすぎて友達ではいられないかも？　そう考えたらちょっと悲しくなった。

「子猫ちゃんたち、今日は僕とゲームをしないかい？」

全員がそろい、皇太子殿下が入ってくるといつものきらびやかな笑顔で口を開いた。

「ゲーム？」

ざわざわと令嬢たちがどよめく。

「ほら、これだよ。計算問題。これを、僕よりも早く解いた者が勝ちだよ」

おや、殿下よりも早く解いたら勝ち？　私たち候補者が競い合うのとは違うんですね。

「け、計算？　私計算は苦手ですわ……」

「なぜこんなゲームを……」

そうですよね。いきなり計算をすると言われれば驚きますよね。皇太子妃の資質とか関係ないし。

「ふふ、どんな手段を使ってもいいんだよ。僕が計算に集中できないように子猫ちゃんたちが構ってくれてもいいんだ。ああ、そうだ。協力し合って解いてもいいよ？　とにかく僕よりも早く解いた子猫ちゃんの勝ち。勝った子猫ちゃんにはご褒美も用意しているよ」

ニコニコと殿下が笑う。

なるほど。ゲームとして殿下を誘惑してもいいよとルールに付け加えてあるわけか。

それで、唐突な計算ゲームは、殿下が女性とチャラチャラする時間に仕立て上げたってわけね。

それだけでなく、協力し合うことができるということは、令嬢同士の力関係や人間関係も分かっちゃうわけだよね。取り巻きが多い方が有利だとか。派閥まで分かるかも。

……と、まぁ、私には関係ありませんが。実力を見せつけるのみ。

そして、皇太子妃以外の仕事をゲットするんだ！

「殿下、質問がございますわ」

ファエカ様が手を挙げた。

「どんな手段を使ってもというのは、何を使っても、誰を利用してもよいということですの？」

殿下がにこやかに笑う。

「もちろんだよ、子猫ちゃん。僕を寝室に誘ってもいいよ」

チャラ皇太子の言葉にキャーっと一斉にご令嬢が悲鳴を上げる。

ああ、私は別の悲鳴が上がった。ぎゃーっと。

ほんっとうに、ほんっとうに、あんなのの婚約者になりたくなぁぁぁぁぁいっ！

ファエカ様はなんか顔を引きつらせている。誰が誘うか！　とでも言いたげな顔だ。

「では、問題を配るよ」

いつの間にか会場には、机と椅子（いす）が十と、殿下用の少し大きめのテーブルが設置されていた。

皆が着席したところで問題用紙とペンとインクが配られる。

「じゃあ、始めよう」

何を使ってもいいかとファエカ様が聞いてくださったので、遠慮なく使わせてもらおう。

と、スカートの中に隠し持っていた竹算盤を取り出す。持ち運び用の小型サイズだ。小型サイズだけれど、家でもこれを使って練習に励(はげ)んでいたから何の問題もない。

「それは」

驚きの声が上がる。

殿下が私の取り出した竹算盤を見ていた。

まさか道具を使うとは思っていなかったのかな？

いや、そもそも竹算盤を見ても計算のための道具だとは分からないか。何を取り出したのか気になっているだけ？　何を使ってもいいと言ったから、ずるいと言われる筋合いはないので、無視して計算を始めるために紙をめくる。

ファエカ様は問題用紙を持ってすぐに立ち上がり、問題を配った官吏(かんり)の元へと近づいた。

あ！　そういうことか！

計算問題があるということは答えもあるということ。答えを持っている人間に交渉するという手がある。ファエカ様が殿下に誰を利用してもと尋ねたのはそれか。賢い。

と、感心している場合ではない。誰よりも早く計算を終える！

パチパチパチと、猛スピードで竹算盤を走らせる。

ご令嬢たちは問題を協力して解こうとするチームと、殿下が計算をするのを邪魔しようとする……というか、これをいい機会に殿下に体を寄せようとするご令嬢に分かれたようだ。

一人で黙々と計算をしているのは私以外は一人だけ。計算に慣れていないようで、指を使いながら一問目を解いている。

全部で問題は二十問。殿下はご令嬢に邪魔されながらも問題を解いているようだけれど……。

どうにも竹算盤が気になるのか、私が次々に答えを書き込んでいるのをちらちらと見ている。

「終わりましたわ」

すくっと立ち上がり問題用紙を持ち上げる。

「まさか、ありえませんわ。それほど早く解けるはずがありませんわ」

「きっといい加減な数字を書き込んで計算を終えたふりをしただけですわ」

ご令嬢たちが立ち上がった私に視線を向けた。

殿下が立ち上がり、私の目の前まで歩いてきて、手に持っている紙を受け取り、無言で官吏に手渡す。

官吏は持っていた紙と私が計算した用紙を何度も見比べ、そして、額に汗を浮かべた。

「すべて、正解です……こ、このように早く計算が終わるなど……」

それを聞いてほっと息を吐きだす。

焦りすぎて計算ミスしていなくてよかった。

「竹……算盤……」

殿下が何かをぼそりとつぶやいた。

「女のくせに計算が得意なんて何の自慢にもなりませんわ」

「大方、貧乏貴族ゆえに食費の計算でもいつもしていらっしゃるのでしょう」

「ずるをしたんじゃありませんの？」

と、蔑む声が聞こえてくる。

ご令嬢たちからだ。今回は聞こえてくる声はそれだけではなかった。

「うわー、生意気な女だなぁ」

「あれが皇太子妃になったら殿下も苦労しそうだ」

と、殿下に聞こえない位置で官吏の何人かのささやきも聞こえてきた。

計算が男よりも得意は生意気か。そんな価値観がある城で、働けるんだろうか？

ハマルク宰相はそんなこと思わないかもしれないけれど、女を使うなどと反対勢力はいるかも……

というか、いるよね……。あ、あれ？　私の計画、穴だらけ？

「ああ、負けたよ。僕の負けだよ子猫ちゃん」

殿下が、熱に浮かされたような落ち着きのない様子で私を見た。

私が計算が得意ということまでは知っていたけれど、ここまで得意だとは思わず驚いているのかな？

「ふふ。じゃあ、ご褒美をあげようかな」

そうだった。ご褒美。

みんなが私をにらんでいる。ご褒美ってなんだ。

「僕の女性の好みを教えてあげるよ」

うえー。何にもご褒美じゃない。

だけれど、他のご令嬢にとってはそうでもないみたいで、悲鳴とも歓声ともつかない黄色い声が上がった。

「私はね、綺麗な子が好きなんだ」

知ってますよ。それは多分みんな。

でもそれをわざわざ言うってことは「頭のいい子が好きなわけじゃない」と言いたいのかな？

「化粧して綺麗な子じゃないよ？　化粧を落としても綺麗な子が好きだなぁ」

はぁ？　素顔の君が一番好きみたいな、小説にあるようなセリフを皇太子が言いますか？　あれは庶民の話で、貴族の令嬢は常に人目があるところでは化粧をしてるから、むしろ化粧をしている顔が素顔みたいなもの……。

殿下が私の顔をじーっと見て、それからふいっと目を逸らして自分のテーブルに戻った。

「ねぇ、子猫ちゃんたち、今から化粧を落としてくれないかな？　ああ、どうしても無理というのであれば、ここで皇太子妃候補を辞退することを認めよう」

え？　これってチャンスじゃない。化粧を落とした顔なんて裸を見られるのと同じくらい恥ずかしいという貴族女性は多い。

恥ずかしくて見せられないから辞退しますと、そういえば辞退できるってこと？

やった。それは本当にご褒美です！　殿下ありがとう！

青ざめて下を向いてしまったご令嬢や顔を真っ赤にして両手で手を覆ってしまったご令嬢もいる。

「辞退するというものは、このまま部屋を出ていって。残ったものは化粧を落として顔を見せてね、子猫ちゃん」

はーい。るんるん気分で部屋から出ようとドアに近づいたら、ものすごく強い力で腕をつかまれた。

「あら、辞退しようだなんて、許さないわよ」

公爵令嬢の取り巻きの伯爵令嬢その一ハンナ様だ。

「辞退したいほどみっともない顔をさらして恥をかきなさいよっ！」

「そうよ。あなたのせいでこんなことになったんだから」

私のせい？

「殿下に勝ってご褒美をもらおうと欲をかいたあなたのせいよ」

……うっ。みんな必死だったよね？　と言いたい。

「さぁ、化粧で誤魔化しているだけで、ひどい顔をしているのでしょう？　恥をかけばいいわ！」

「え、いや、……いたっ」

ぎりぎりとすごい力で腕をつかまれ、振り払って部屋を出ていくことができない。

そうしているうちに、私の進路をふさぐように別の令嬢も立った。

「大丈夫よ、あなたがどんなに醜い顔をしていようが、それが原因で皇太子妃候補を落とされることはないのだから。どうせ、あなたはただの数合わせ。男爵令嬢風情が皇太子妃になれるわけはないのだから」

「さぁ、早く席に戻りなさいよ」

「ああ、あなたも。ちょっと美しいからってずいぶんいい気になっているみたいだけれど、化けの皮がはがれるのが楽しみだわ！」

気が付けば、ファエカ様も別のご令嬢に退室を阻まれていた。

ライバルが減ったほうが得だと思わないのかなぁ。

二名の令嬢が退室したところで、今度は部屋に化粧を落とすための準備が整えられていく。

普段は王妃様の身支度を整えているという侍女たちも入ってきて、今更逃げられないような状態だ。

しかし、いったいなんだって殿下はいきなり素顔が綺麗な子を選ぶとか言い出したのか……。

一応いろいろと配慮されたのか、部屋の中には必要最小限の人間だけが残された。

化粧を落とす作業をした侍女たちが退室した後は、八人の令嬢のみ。護衛と侍女は令嬢たちの顔を見ないように部屋の後ろに控えている。

いったん退室していた殿下が、再び現れた。

「子猫ちゃんたち、顔を上げてかわいい顔を見せておくれ」

令嬢たちが一斉に顔を上げた。私も仕方なく顔を上げる。

殿下が驚きの表情を見せた。

驚き、そして、今までとは違う恍惚（こうこつ）とした表情。

誰もが、明らかに今までの殿下と様子が違うと気が付いたようだ。

「ごめんね、子猫ちゃんたち……。僕は、今、恋に落ちてしまったようだ……」

殿下がふわふわとした足取りで私の目の前に歩いてくる。

これも、作戦？

「なっ、なんで、男爵令嬢ごときが！」

「あんな娘のどこがいいのっ」

と、悔しそうな声が聞こえる。

なんで、聞いてない。私、今回の選考会が終わったら宰相に皇太子妃は別の人にしてくれって、頼むつもりだったのに。まだあと二、三回は猶予があるって思ってたのに。

私と、私の前に立つ殿下に、ご令嬢たちの視線が集まった。

「私の方が綺麗なのに、どうして……と、言っていいのは私くらいかしら？」

ファエカ様が隣で笑っている。

ファエカ様は化粧を落としてもとても美しい。

他のご令嬢は、化粧を落とすとずいぶん印象が薄い顔だ。

エカテリーゼ様も、妖艶（ようえん）さが失われ、ずいぶん幼い印象に変わった。

ファエカ様が私のすぐ隣に顔を並べる。

「ほら、こうして比べるとどうかしら？　私の方が綺麗か、彼女の方が綺麗かは意見が分かれるほど微妙かもしれませんが。他の皆さまと比較するとどうでしょうね？」

ファエカ様の言葉で皆が押し黙った。

「初めから、殿下は綺麗な子が好きだって言っていたのですから、公平な選び方ですわよね。家柄も贈り物の金額も、根回しも全く関係ないんですから」

男爵令嬢風情がという声を聞いて、ファエカ様が私をかばうために言葉を発しているのだろう。

でも、待って、まるで本当に私が皇太子妃で決定したみたいなのは困るよ。

令嬢たちが立ち上がる。

「早々に皇太子妃が決まってよかったですわ！　私に求婚する方に返事を待っていただいてますもの」

「そうですわね。私も、婚約者と婚約解消して参加させられましたが、これで彼と結婚できますわ」

次々と部屋を出ていくご令嬢。

「……」

エカテリーゼ様と目が合った。

にらまれると思ったら、ふいっと視線を逸らして出ていってしまった。

そして最後に、ファエカ様がウインクを残して部屋を出ていった。

待って、待って、私を置いていかないで。

残ったのは、私と、私の目の前の殿下。

部屋の後方に控えていた侍女や護衛たちもいつの間にか退室して、代わりに近衛兵が入ってきた。

え？　嘘っ、ネウスさん？

「素顔の……君が好きだよ……その目は、確かに僕の好きな目だ……」

皇太子殿下が熱いまなざしで私の顔を見る。

いや、ちょっと、もう他にご令嬢はいないし、そんな顔して、私に一目惚れしたみたいな演技はいらないと思うんだけど。

「リア……」

え？

「うまく、言葉が、出てこないことも、多くて、いつも、自信が持てなくて、猫背で下を向いちゃう、そんな僕のこと、リアは嫌い？」

え？　え？　……え？

「で、殿下……？」

どういうこと？　リアって……私のこと、殿下が、リアって……。

「ごめんね、ミリアージュ。皇太子妃になる君に、秘密があったんだ。僕には、好きな人がいる。一緒になれないとあきらめた人がいるんだ。僕は、ずっとその人のことを想って、それでも、皇太子妃になる人は、できるだけ、大切にしようと思っていた……」

私に謝る殿下。

「だけど、やっぱり、ミリアージュじゃだめなんだ……。リアが……。彼女のことが忘れられない。好きなんだ……」

まさか。……そんな。

嘘だ。

信じられない。——でも、でも……。

「……ディ、ラ……？」

涙が落ちる。

嘘、でしょう。

殿下の後ろに控えていたネウスさんが笑った。

「お互いに変装が上手ですね」

へ、変装？

そうか。庶民のふりをした高位貴族だと思っていたけれど、服装だけ庶民風にしたんじゃなかったんだ。かつらをかぶり、肌にも何か塗って色を変えていたんだね。

それになにより、チャラ皇太子とディラじゃあ立ち姿も口調も何もかもかけ離れていたから……。

全く分からなかった。

「洗濯室で、僕のハンカチを、持っているのを見て……まさかと思った……」

ああ、あの時。

ディラにあげたはずのボタンを殿下が探しに来たあの時。私はディラのハンカチを持っていた。

「なぜだろうと考えた。そうして、今日、竹算盤を使っているのを見て……もしかしてと……」

そうか。竹算盤は、まだ商品として流れていない。

領民と孤児院の子たち、それからネウスさんとディラしか知らないはずのものだ。

それを私が持っていたから。

ネウスさんがふぅっと大きく息を吐きだした。

「それにしても化粧を落とさせるなんてやりすぎですよ」

殿下が首を横に振った。

「一刻も早く、確かめたかった。他に、何も考えられなかった……」

部屋に将軍が入ってきた。

「いやでも案外いい結果だったんじゃないか？　なぜ男爵令嬢を選んだかと言われても、化粧を落として顔を比べれば分かると言われれば何も言えないだろう」

くくくとおかしそうに笑っている。

どうやら、事情を知っているようだ。化粧を落としている最中にでも事情をネウスさんから聞いたのかもしれない。

「しかし、まさか、第五の条件もクリアできるなんて運がいいな」

将軍が殿下の背中を叩いた。

第五の条件？

宰相が私が来た時に渡した紙を持って興奮気味に入ってきた。

「殿下、逃がしてはなりませんぞ。これ以上の女性はおりません。条件をすべてクリアしているだけではありませんぞ！　このすばらしい資料を作ったのは驚くことにミリアージュ様で。ああ、もう、将軍も、ネウス、お前もちょっと部屋を出なさい。邪魔をしてはだめだ。殿下、逃がしてはなりませんぞ、いいですね！」

宰相が圧力をかけるようなまなざしで、殿下の肩を叩き、将軍とネウスさんの背中を押して部屋を出ていった。

部屋には、私と殿下の……いや、ディラとの二人きりになった。

殿下が片膝をついて手を出した。

「結婚してほしい、リア……僕……と」

「あ、あの、どういうこと……？　結婚って皇太子妃選考会の……」

成型竹薪の件で私を囲い込むという話の？

ディラが首を横に振った。

「誰だって、一緒だと……無害で有益な女性であればいいという皇太子じゃない……ぼ、僕を選んでほしいんだ……」

僕を選ぶ？

目の前にいるのは、皇太子の服装をしているけれど、言葉遣いも姿勢も、ディラだ。

「ディラ……？」

「そう。僕だ……ディラが本当の僕だ……」

ディラの差し出した手を取ることができなかった。

手を取るなんて……。

ディラが好き。ディラともう一度会えるなんて思ってもみなかった。

こうして話ができて、そして……結婚を申し込まれるなんて。

だけど、手を取れない。

私なんかが皇太子妃になっていいのか。……将来の王妃だなんて。

無理でしょう。今日だって、皇太子妃の話をなんとか断ろうと思って来たんだもの。

今すぐにでも、ディラの胸に飛び込んでいきたいという気持ちと、皇太子妃などとても務まらないだろうという思いが心の中で渦巻いている。手を取ることも、逃げ出すこともできずに動けずにいたら、バタンと音を立てて扉が開いた。

エカテリーゼ様が部屋に入ってきたのだ。

それを見て、殿下が立ち上がった。

差し出された手が目の前からなくなり、ほっとして、そして寂しくなって。胸がぎゅっと痛む。

「リーゼ」

殿下が声をかけると、エカテリーゼ様がふらふらと近づいてきた。

「忘れ物かい？」

殿下はチャラ皇太子の口調で話しかける。先ほどまでのディラとは別人のようだ。

「何が、綺麗なものかっ！」

エカテリーゼ様が、殿下を無視して私に向かって突然駆けてきた。

「その顔が、醜くなってしまえば、殿下は私を見てくださるっ！」

どこから持ってきたのか、エカテリーゼ様の手にはナイフが握られていた。

「皇太子妃になるのは私よっ！　私しかいないのっ！」

顔めがけて振り下ろされたナイフを必死に避ける。

だけれど、着慣れないドレスを着ていたせいで、ドレスの裾を踏んでしまいよろけてしまった。

ああ、肩か腕は切られてしまうと、覚悟をしたところでザシュッと目の前に血が飛び散るのが見え

た。

「やめろ、リーゼ」

血がっ！

ボサリと、エカテリーゼ様の持っていたナイフが床に落ちた。血が、ぽたぽたと滴っている。

「ディ、ディラっ」

ディラの手から血が落ちて、たくさんの血が床に広がっていく。

ディラに手首をつかまれたエカテリーゼ様がふらりと床に膝をついた。

「あんたのせいよ、あんたがいけないのよ！　皇太子妃は私に決まっていたのにっ！　お父様も私が皇太子妃になるんだよって、ずっとおっしゃっていたし、お母様も将来の王妃の母になるなんて光栄だわって、先生だって、私が皇太子妃になるためには必要なことですよって勉強を……」

ああ、そうなんだ。

周りの人にずっと皇太子妃になると言われ、なるように期待され……それで、皇太子妃になるのは自分だと思い込んでしまったのか。

もうすでに、皇太子妃には絶対選ばれない人間だとリストに挙げられていたのも知らないで。

「大丈夫ですか、殿下！」

「ああ、なんてことを！　殿下を傷つけるなど重大な犯罪ですぞ」

騒ぎに気が付いたネウスさんと宰相が部屋に入ってきた。

力が抜けて座り込んでいるエカテリーゼ様をネウスさんが立ち上がらせた。

「頼む。事を荒立てる気はない」

ディラの言葉に頷いたネウスさんが、エカテリーゼ様を連れて部屋を出ていった。

「今、医者を呼んでまいります」

宰相も慌てて部屋を出ていく。

「ディラ、大丈夫なの……？」

どんどんと血が流れ出ている。肩から腕にかけて広く傷ついているようだ。

「リア……、君が無事だったんだから」

落ちたナイフが目に入る。

ディラの血が付いたナイフだ。

心臓がバクバクと大きく波打つ。

「大丈夫か、今医者が来た」

将軍とともに白衣を身にまとった医者が入ってきて、ディラが……殿下が、運ばれていった。

部屋に残された私は、ディラが流した血のあとをぼんやりと見ていた。

◆最終章　私の答え

あれから翌日には、手紙が届いた。

殿下の無事を伝える手紙と、三日後に〝リア〟に来客があるという手紙。

来客にそなえてリアのメイクを終えたころに、マールが部屋に入ってきた。

「ミリアージュお嬢様、お客様がお見えです」

部屋に入ってきたのは、ネウスさんだった。騎士ではなく兵の格好をしたネウスさん。

「今から、教会へお連れしたいのですが……」

教会へ？

ディラがいるのだろうか。

「その、断っていただいても構わないと伝えてくれと」

ネウスさんの言葉に、下を向く。

結婚してほしいと言われた。私はまだ返事をしていない。

断るつもりであれば来なくていいと、そういうことだろうか。

あの時、ディラの手を取ることができなかった。私に皇太子妃など……王妃など務まるわけがないと。今も、その気持ちは変わらない。

でも。

「行きます」

待っていた馬車は豪華なものではなく目立たないよう、どこにでもあるような小さくて質素なものだった。マールと隣り合わせで乗り、向かい側にネウスさんが座った。

「護衛も兼ねていますので、ご一緒させてもらいます」

護衛という言葉にびくりと体が反応する。

エカテリーゼ様に刃物（はもの）を向けられた時の恐怖を思い出したからだ。ディラの体から流れ落ちる血を思い出したからだ。

「ミリアージュ様、竹のボタンですが採用が決まりました」

ネウスさんも気を使ったのか、話題を逸（そ）らした。

「それはよかったわ。ね、マール」

「ええ、お嬢様。領民にも生産をお願いしないと。あ、そうだ。あの話もしてみたらどうですか？」

マールも、何事もなかったかのように会話を続けてくれる。私の様子がおかしいのは分かっているはずなのに。

何をどこまで話せばいいのか分からず、心配してくれているマールに何も話せていない。

孤児院で会っていたディラが皇太子だったことも。

ディラに好きだと告白されたことも。

私が……何も、返事を返していないことも。

「ネウスさん、領民たちがね、文字の練習を始めたの。それで、ボタンだけじゃなくてせっかくなら竹製品にいろいろと文字を彫り込んだらどうかって。持ち主が分かるように名前の入った小物入れや、籠に需要はあるかしら？　それから、木刀よりも軽くて痛くない竹剣に需要はないかしら？　小さな子供でも扱いやすいと思うのだけれど。他にも……」

領民たちは、竹算盤を皆で協力して作り上げた後も積極的に新製品を考えてくれるようになった。文字や計算も楽しそうに勉強する姿を見る。

きっと、男爵領はこれから領主の力ではなく、領民たちみんなの力で豊かになっていけるだろう。

馬車はいつもの場所に停まり、ネウスさんと一緒に教会まで歩いていく。

教会の前には別の兵が一人立っていた。

そりゃそうだよね。ディラは実は皇太子なんだもん。護衛はつくよね。

図書館への扉を開くと、中にはカイと話をしているディラの姿があった。

「あ、よかった。リア姉さん。ディラさん、ずっとそわそわして待ってたんだ」

カイが私に気が付くと、からかうような言葉を残して部屋を出ていった。

「カイと、何を話していたの？」

「うん。孤児院の子でも、官吏の試験が、う、受けられるようになるという話を」

そうか。ディラは……チャラ皇太子ではない。しっかりと国のことを考えられる人だ。

「ありがとう。孤児のことを考えてくれて」

「い、いや。お礼を言うのは僕の方。が、学園を卒業して本格的に政務に携わる前に、色々学ぼうと王都のお忍びの視察を始めたけど……。孤児院へは支援のお金は足りているだろうかと、そのくらいしか見れなかった。こ、孤児院の子たちが、大人になってからのことまで、頭に、なかったんだ。リアのおかげで、支援はお金だけじゃないと、気が付いた。それに、才能のある者を埋もれさせないように考えないといけないと……」

ディラの言葉に首を横に振る。

「直接足を運んで、王都の様子を見て回るなんて立派だわ。そして、すぐに改善すべき点があれば改善しようと動いてくれる。……ディラはすごいわ。私は目の前の子供たちに手を差し伸べただけ……」

十歳のころからチャラ皇太子の演技をしていると言っていた。ずっと自分を偽って演技し続けるなんて、どれほど大変なことなのだろう。

「領地を何とかしなくちゃと思っても、結局、私一人ではどうにもできなくて、マールや領民たちの力がなければ、何もできないままだった」

ディラが首を横に振った。

「僕も一緒だ。きっと、父上も同じ……」

父上……陛下も？

「周りの皆に助けてもらって国を治めている。宰相や将軍、それから多くの家臣や……」

ディラが一度、言葉を区切った。

「それから、何より……母上に」

母上……王妃様。

「リア、僕を支えてほしい……」

ディラの目が、まっすぐ私を見ている。

相変わらずくりんくりんのかつらで、目は半分以上隠れちゃってるけれど。それでも、私を射抜くような強い視線は感じ取ることができた。

あの時、ディラの血を見た瞬間、血の気が引いた。

ディラが死んでしまうかもと、脳裏に浮かんだ。

「ディラ、私……皇太子妃になんてなりたくない」

私、ディラが好き。

だけど、私に皇太子妃や王妃が務まるわけがないと、今でも思っている。

でも、たくさんの血が流れているのを見て……心が叫んでいた。

ディラが死んだらどうしよう！

ディラを失うなんて絶対に、嫌だ！　って。

「私、王妃なんて無理……」

ディラが、そうかと小さくつぶやき、視線を落とした。

ポケットから、ディラに返しそびれていたハンカチを取り出す。

「ディラ、これは……返すわ」

思い出のハンカチにすがってめそめそなんてもうしない。

ハンカチを差し出すと、ディラがゆっくりと手を伸ばしてきた。

その手をつかんで、ハンカチを押し付けると、ディラが驚いたような目で私の顔を見る。

「私、皇太子妃にはなりたくないの……でも、ディラのお嫁さんになりたいの……」

ディラが一瞬身を固くした。

なんと答えていいのか困っているのだろう。

「私に皇太子妃が務まるとは思えないから、だから皇太子妃にはなりたくないと思っていたの。王妃になるなんて今でも無理だと思ってる」

正直な気持ちをディラに伝える。

「でも、ディラのお嫁さんになれるのなら……私が皇太子妃でも大丈夫だと言ってくれるのなら……王妃になった時に……ディラが支えてくれるなら……」

ディラの両腕が伸びて、私の背中に回った。

「ああ、リア。リアじゃなきゃ、他の誰も僕の皇太子妃など務まらない。リアがいいんだ。皇太子妃が嫌だというのなら、何もしなくていい。王妃になっても特別なことなんてしなくていいんだ。ただ、ディラになったときにリアとしてそばにいてくれるだけでも……」

ディラの胸に頬が当たる。いくら庶民に変装していても、庶民とは全く違う。

ディラの、ほんのりと香木の香りが残った匂い……。ああ、これがディラの匂いなんだ……と。

「ディラ……」

手を伸ばして、ディラの背中にそっと触れる。

「もう、触れてもいいのね……？」

「リア……僕も、ずっとリアに触れたかった。リア……」

ぎゅっと、ディラの両腕に力がこもる。

「好きなんだ、リア……どうか、僕と結婚してほしい」

緊張しているのか、少しかすれた甘い声でささやかれた。

ぞくりと背中が反応する。ディラが私を好きだという熱を帯びた声が私の体の芯を震わす。

「うん。ディラ、結婚して」

幸せで溶けてしまいそうな気持ち。

温かくて、ぽかぽかで。

ぼろぼろと涙がこぼれた。うれしくて流れる涙ってどうして、こんなに温かいんだろう。

ディラの体が離れる。

ディラに返したハンカチで、涙をぬぐわれた。

「触れて、いい？」

ディラが、もう私の頬に触れているのに尋ねた。

小さく頷くと、ディラの手がそのまま、耳の後ろにと回された。

！

ディラの綺麗な顔が私のすぐ目の前にあって、それから、えっと……。

柔らかなディラの唇が私の唇に触れた。

ふ、触れていいって、そういうことなの？

びっくりして目をまん丸にしたまま固まっていると、すぐにディラの唇は離れた。

真っ赤な私の顔を見て、ディラも真っ赤になっている。

「あ、あの、その……婚約者には、愛情を示すものだと……それが普通だって、その書いてあったから……」

まさか、それ、チャラ皇太子の教科書みたいなやつに？

「ご、ごめん……」

ディラの袖を引っ張る。

「あ、謝らなくても大丈夫。あの、私……」

びっくりしたけれど、うれしかった……と伝えたいんだけど、恥ずかしくて言葉が出てこない。

ただ、もう顔が真っ赤になっているのは間違いなくて、ディラの服の袖をぎゅっと引っ張った。

「痛っ」

ディラがうめき声を上げる。

「え？　あ、ご、ごめんなさいっ！」

そうだ、ディラはまだ数日前にナイフで切りつけられて怪我をしたばかりだった。

「ど、どうしよう、傷口が痛む？　そうだ、ネウスさんを呼んで……」

慌てて部屋を飛び出そうとした私の腕を、ディラがつかんだ。

「だ、大丈夫だから、その……」

ディラが恥ずかしそうに口を開く。

「もう少し……二人で、いたい……リア……」

ディラの言葉に、再び頬が熱くなる。

「うん」

と、返事をすると、突然扉が開いた。

「リアお姉ちゃん、お兄ちゃんも、一緒にご本読もう！」

「またこの間の絵本がいい！」

「僕は別のやつ！」

孤児院の子たちがうれしそうに顔を輝かせて入ってきた。

カイに、私が来たことを聞いたのだろうか。

ディラと顔を見合わせ、ふっと笑いが漏れる。

「今度は、ドラゴン退治する、勇者の、物語にしよう」

「じゃぁ、僕が勇者やる！　お兄ちゃんは悪い魔法使いね！」

「え？　僕が勇者じゃなくて？」

笑いながら子供たちと一緒に絵本を選んでいるディラの背中を見る。

きっとディラならよい王様になる。

ディラなら、孤児も女性も、すべての国民が幸せになれる国づくりを考えてくれる。きっと。

だから、私はもう、領民の心配をしなくてもいいんだよね。

領民よりずっと人数の増えた国民のために奮闘する王妃が誕生するのは、もう少し後のことである。

◆後日談

皇太子妃選考会の終了が国中に告げられた。

皇太子であるランディー王子が、私の素顔の美しさに一目惚(ぼ)れして皇太子妃にと望んだためと発表されたそうだ。

正式な婚約は手順を踏んでということで、まだ私は皇太子の婚約者という立場ではなく、ただの男爵令嬢。

今日は、王宮の庭園で肉を囲んでの会食。

あの選考会の後、ファエカ様が肉を持ってうちを訪ねてくれたのだ。それをなぜか知っていた将軍に呼び出された。ファエカ様からもらった肉をみんなで食べるぞと言われた。

みんなと言っても、成型竹薪(せいけいたけまき)は極秘事項なので、私と、ディラと、それから将軍と宰相。見張りに立つのはネウスさん。

「いやぁ、それにしても、ぷぷぷっ」

将軍がパチパチと音を立てて焼けていく肉をひっくり返しながら笑い始めた。

「よくまぁ、話を作ったもんだよ。一目惚れしたミリアージュ嬢に駆け寄る時にうっかりすっころんで、偶然そこにあったナイフで怪我(けが)をしてしまったとか……どんなドジ皇太子だよ！」

エカテリーゼ様に傷つけられた怪我はそういうことになったんだ。

「我ながら素晴らしいアイデアでしょう」

宰相がニヤリと笑う。

うーん。確かにチャラ皇太子であれば、「子猫ちゃん、僕の腕においで～」とか言って周りも見えずに駆け寄っても不思議ではない。

「なんだか、ちょっと複雑。僕、そんな風に思われてたのかと……」

はぁーとディラがため息をついた。

「でも、おかげで高位貴族たちがミリアージュ様を皇太子妃にということに表立って反対できなくなりましたし」

え？

「男爵令嬢の私を皇太子妃に選ぶことに反対できなくなったんですか？」

さすがに「そこまで好きなら仕方がない」とか思うような人ばかりではないと思うんだけど。

特に、自分の娘が皇太子妃になると信じて疑わなかった上位貴族からすれば、男爵令嬢などすぐに蹴落としてしまえと考えている人もいるだろう。

「怪我の理由は、そういうことにしてありますが、本当はミリアージュ嬢が皇太子妃になることに不満を持った者に襲われ、それを殿下がかばったためだということは内密にお願いしますと、伝えましたからねぇ」

宰相がふふふと笑う。

「不満を持った者が殿下を傷つけた、つまり不満を言う人間は犯人の可能性がある、反逆罪で捕まってもおかしくないと無事に伝わりましたよ」

あ。なるほど。犯人が捕まっていないのだから、犯人探しはしていると思わせているのか。

私が皇太子妃になることに反対すれば、犯人だと疑われる可能性がある。冤罪で処罰される可能性もなくはないため、表立って反対することができないということか。

「まぁ、実際、反対するであろう筆頭が口をつぐむのですから。他の貴族も黙るしかないでしょうね」

筆頭というのは、エカテリーゼ様の生家であるクマル公爵家だろう。

「まさに、怪我の功名ってやつだな！」

ばんばんといつもの調子で将軍がディラの背中を叩く。

そうか。エカテリーゼ様は罪に問われなくて済んだのね。よかった。ある意味彼女も周りの大人たちに振り回された被害者のようなものだもの。

「それから、候補者だった他の九人は、皇太子妃の座を争った美しき令嬢として国外にも噂が広まり、国内外から縁談の話がひっきりなしに舞い込んでいるという話ですからね。……国を離れるのもいいでしょう」

宰相もエカテリーゼ様の身を案じているのがその言葉で分かった。

ファエカ様は、皇太子妃選考会が終わった後も領地にはすぐに戻らずにしばらく王都にいるらしい。お茶会をしようと手紙が来た。

そこには気になることが書いてあったのよね。『男爵令嬢が皇太子妃になれるんだから、子爵令嬢だって、あきらめなければ誰とだって結婚できるかもしれないわよね。宰相だろうと、将軍だろうと』って。……うん、お茶会でいろいろ話をしよう。

ぽんっと、宰相が手を打った。

「次は、ミリアージュ様がいかに優秀であるかを広めないといけませんね。本来であれば、王立学園で優秀さを見せつけるのですが、ミリアージュ様は学園には通っていませんし……」

ディラが口を開いた。

「リアは、学園には通っていなくても、素晴らしい人だよ。孤児院の子たちに学びのチャンスも与えているし、それに、竹算盤を考えだしたり、あ、あと」

ディラが興奮気味に宰相に主張し始めた。

ディラも素晴らしい人だよ。わざとチャラ皇太子をずっと演じて勢力争いをうまくかわしてきたのだから。ネウスさんが言っていた。ディラが、視察のため変装して街に行っていたのは、息抜きでもあったって。

ずっと気を張って、チャラ皇太子を演じ続け、自分を隠し続けるのはどれほど大変だろう。演技をしているディラはセリフのような言葉がすらすらと出てくる。けれど、本来のディラは少しずつ言葉を選んで丁寧に話をする。だから、言葉に詰まることも多い。気持ちがこもった言葉だと分かるから、私はディラの話し方が好き。

「ふははは、言われなくても分かっておりますよ。その優秀さをどう広めていくかという話です。婚約したとしても婚姻までは数年ありましょう。その間に、ミリアージュ様に頑張ってもらわないと。

そうですねぇ、まずは私の兄の領地で何か新しい特産物を作れないか相談に乗ってもらいましょうか」

宰相の言葉に、ディラが口を挟む。

「リアには無理をさせたくない」

ああ、私が皇太子妃にはなりたくないって言ったから気遣ってくれてるんだ。

でも、なると決めたからには。

「あの、私、全然優秀じゃないので。でも、私を選んでくれたディラに恥をかかせないように、精一杯頑張りますっ」

こぶしをぐっと握りしめて意思を伝えると、将軍がまた大笑いしながらディラの背中を叩いた。

「よかったな、まさか本当に第五の条件も満たす相手を見つけるとは……。いやいや、お前は本当にラッキーだ」

「第五の条件？」

首をかしげると、宰相がぱちんとウインクを飛ばした。

「相思相愛（そうしそうあい）、お互いを思いあえる相手ですよ」

ディラが頰（ほお）を染めて私の顔を見た。

綺麗（きれい）な瞳（ひとみ）がまっすぐ私を見ている。

ディラに見つめられると、ドキドキして、落ち着かなくて、それでいてうれしくて飛び上がりたくなるような気持ちになる。

「おーい、肉がそろそろ焼けたぞ。さぁ、食えよ、ファエカからの贈り物の特上の鶏肉（とりにく）だ」

そうそう、ファエカ様が宝物だと言った熊（くま）の頭のはく製、あれを贈ったのは将軍なんですって。これは、もしかすると……。

今度はこの席にファエカ様の姿もあったらいいのになんて、楽しい未来を想像できる日が来るなんて。

「ほら、ここは子猫ちゃんあーんしてご覧、食べさせてあげるよとかする場面でしょう」

将軍が再び殿下の背中を叩く。

「や、それは……あの」

ディラが真っ赤になってる。

ディラが、私にあーん？

「リ、リアが望むのであれば……」

チャラ皇太子なんてお断り！　と思ってたけど、それも含めてディラならば、それもいいのかもしれない。

そっと、口を開いてディラに顔を向けてみようかな……。

ディラはどんな反応をするだろう。

あとがき

はじめましての方も、何度目かましての方も、お手に取っていただきありがとうございます。

富士とまとと申します。

本作品は、第八回アイリスＮＥＯファンタジー大賞にて「金賞」をいただいた作品になります。

受賞時は、一冊分の分量に文字数が足りず加筆しております。担当様と二人三脚で、よりよい作品にするために改稿しながら加筆した結果、受賞時よりも読み応えがある作品になったと思います。

執筆は「美女と喪女」「モブ男とチャラ男」という、対照的なキャラクターが出てきてわちゃわちゃしたら楽しいかなという思い付きから始まりました。色々作品について語りたいのですが、あとがきから目を通す方もいらっしゃるでしょうから、うっかりネタバレにならないように控えようと思います。

ところで、私はあとがきから読むことが多いので、世の中にあとがきがない小説があるのを知ったときはちょっとした衝撃でした。解説が代わりに入っている小説を見た時には、なんか大人な小説だ！　と思いました。そして、ラノベでもレーベルごとにあとがきがあったりなかったりするんですね。私が中学生高校生の頃に読んでいたラノベ……いわゆる少女小説にはすべてあとがきがあったので、あとがきは当たり前だと思っていたんですよね。そして、そのあとがきで度々目にすることのあった「○ページもあるんですが、何を書こう」っていう一文。あの気持ちを、今、まさに味わっております（笑）――結果、あとがきにあとがきについて書くという……。


プロフィールにも書きましたが、私は愛知県在住です。名古屋って言った方が分かりやすいでしょうか？　名古屋といえば「喫茶店モーニング」が有名ですよね。……ですよね？　全国的にはそれほど有名じゃないのかな。珈琲など飲み物を注文すると、無料のサービスが色々ついてくる仕組みなのです。珈琲所コメダ珈琲店で知っている人もいるでしょうか？　本場のモーニングは、何でもありの世界です。

珈琲を注文すると、無料のおまけでトーストは当たり前。おにぎりの店もあればカレー、うどん、寿司、お好み焼き、たこ焼き、ホットケーキ、ワッフル、中華粥、ラーメン……。面白いお店を見つけるとワクワクします。先日は、塩昆布カステラなるものをモーニングでいただきました。お祭りの屋台で見るような丸いカステラに塩昆布が入っているんです。面白いでしょ？　愛知県にお越しの際には是非色々楽しんでくださいね！


最後になりましたが、感謝の言葉を。

イラストはすがはら竜先生です。

初めにラフを見せてもらった時「おいで子猫ちゃん」と言っていそうなチャラ男がめっちゃ素敵で。「うはー、こんなにカッコイイんなら、もうちょっと扱いをよくすればよかった」とちょっとだけ後悔しました。

すがはら先生、本当に素敵なイラストをありがとうございました。

担当様には、本当に色々とお世話になりました。アドバイスは、本作品のみならずこれからの作品作りにも役に立つようなこともたくさんあり勉強になりました。本文のネタバレになるので詳細は書けませんが……。

担当様ありがとうございます！

また、校正さん、デザイナーさんをはじめ、関わってくださったすべての方に感謝しかありません。ありがとうございます。

そして、今、ここを読んでくださっているあなた！

手に取ってくださってありがとうございます！

ツイッターで感想をいただければ、いいねを押しに行きます！　ぜひ、読んだよと一言書いていただけると嬉しいです！　その際は書き込みが探せるように「貧乏男爵令嬢の領地改革」と入れていただけるとありがたいです。

もちろん、出版社宛てに感想を送っていただければ飛び上がって喜びます！


皆様との出会いに感謝いたします。

少しでも楽しんでいただければ幸いです。

また、どこかでお会いできますように。

富士とまと